果然我的
青春
搞錯

My youth ro... omedy is
wrong as I expected.

渡 航【WATARI Wataru】
繪者／ponkan⑧

果然我的青春戀愛喜劇搞錯了

My youth romantic comedy is wrong as I expected.

登場人物【character】

比企谷八幡……本書主角。高中二年級，個性相當彆扭。

雪之下雪乃……侍奉社社長，完美主義者。

由比濱結衣……八幡的同班同學，總是看人臉色過日子。

材木座義輝……御宅族，視八幡為同伴。

戶塚彩加……隸屬於網球社，長相很可愛，可惜是男生。

川崎沙希……八幡的同班同學，正朝不良少女之路邁進？

平塚靜……國文老師，亦身為導師。

比企谷小町……八幡的妹妹，國中生。

川崎大志……川崎沙希的弟弟，跟小町念同一所國中。

0 序章

黃金週結束之後，氣溫開始一天比一天高。尤其是午休時間，加上學生們嘈雜的聲音，又多添一分暑氣。

我本來就屬於冷硬派，非常不耐熱。為了讓自己涼快一些，我決定找個沒有人的地方。

人類的正常體溫大約是三十六度，但換算成天氣，根本是酷暑，即使是我也受不了這種高溫悶熱的環境。

天氣一熱，貓咪不是會躲到沒有人的地方嗎？現在的我正是如此，只是為了避開熱氣，所以前往沒有人的地方——不，我絕對不是因為在教室裡待不下去，覺得尷尬所以才逃跑。

這是人類身為生物的本能行為，班上其他同學沒有這樣做反而是不對的。

簡單說來，他們不過是因為軟弱無力，出於想要活下去的本能而聚集在一起行

動，就像草食動物之所以聚集在一起，是為了在肉食動物來襲時，方便推一個倒楣鬼出去當祭品。他們和草食動物一樣，總是裝得一副無辜的樣子，其實內心盤算著要把誰犧牲掉。

對啦，我要說的就是這個。夠強的野獸根本不需要成群結隊，沒聽過「天涯一匹狼」嗎？

貓咪很可愛，野狼非常帥氣，所以獨行俠既可愛又帥氣。

我一面走著，一面想著這些沒營養到極點的東西，然後來到通往屋頂的樓梯間平台。這裡雜亂堆放著閒置的桌椅，通道窄得一次只容一個人通過。

通往屋頂的門上，通常會有一個小小的鎖將門牢牢鎖住。

不過，今天那個鎖是打開的，掛在門上晃來晃去。

八成又是班上那些亂七八糟的傢伙，跑到屋頂上打情罵俏，笨蛋跟煙果然都喜歡往高處跑，乾脆把他們關在上面吧。於是，我搬來三張桌子跟兩張椅子把門口堵住。嗯，我還是老樣子說做就做、充滿行動力，真是個男子漢。呀～～快來抱我！

但是，我也察覺到門的另一邊異常安靜。

有問題。據我所知，那群現實充男女最害怕安靜，害怕的程度如同野獸之於烈火。他們認為沉默便是無趣，不願意面對自己很無趣的現實，拚命開口講話、吵鬧、嘻嘻哈哈，但是換成跟我講話時，就會用沉默告訴我「你很無趣」。那種沉默是什麼意思……不不不，別誤會，我反而比較喜歡沉默跟安靜。

屋頂那麼安靜，看來不是那群人在上面，說不定根本沒有人在屋頂。一想到那裡沒有人，身為獨行俠的我立刻有精神。絕對不是「在家一條龍、出外一條蟲」，我只是不想造成別人的困擾而已。

我把剛剛堆起來的課桌椅挪開，準備開啟通往屋頂的門。

我的心中湧起一種興奮。這種獨特的亢奮，是只有自己一個人時才能體會得到。好比第一次走進車站的蕎麥麵店，或是刻意跑去遠離千葉市的四街道市（註1）書店買A書。

打開大門後，藍色天空和遠方的水平線立刻映入眼簾。

剎那間，這個屋頂成為我專屬的祕密基地。

有錢人總希望擁有屬於自己的噴射機和海灘。像我這種獨行俠，擁有無窮無盡的私人時光，可說是人生的勝利者。換言之，獨行俠就是一種地位的象徵。

梅雨季節裡遇到不下雨的日子，天空真是晴朗，彷彿在告訴我總有一天，一定能脫離這個封閉的世界。如果用過去的電影比喻，大概是「刺激一九九五」吧。雖然我沒看過那部電影，不過從片名聽來，應該是那種感覺沒錯（註2）。

眺望著飄向遠方的雲朵，如同聚焦於自己的未來。因此如果想選個場所，把自己的夢想寄託於職場見習調查表，這個屋頂絕對再適合不過。

註1　位於千葉縣北部的都市。

註2　該片的日文片名直譯為「鯊堡的天空」。

學校的定期考試結束後，馬上要進行職場參觀活動。我在調查表上洋洋灑灑寫下自己想從事的職業、希望去什麼樣的職場見習以及理由。對一個早已規劃好未來的人來說，這種事根本沒什麼好猶豫。不到兩分鐘的時間，我就把這張調查表填寫完畢。

這時候，不知從哪裡吹起一陣風。這股宿命般的風，宛如要帶走放學後的慵懶氣息，將寄託了夢想的紙張吹起，化為一架飛向未來的紙飛機。

這樣描述似乎充滿詩意，但那張紙毫無疑問是我剛寫好的調查表。喂！你這陣風別來搗亂啊！

那張調查表像是在戲弄我，本來還隨風貼著地面飄移，我快追到時卻立刻高高飛向天空。

……算了，再去要一張新的調查表重寫吧。我的座右銘是「強求不來就放棄」，才不會因為這點小事便動搖。真要說的話，座右銘應該再加上一句：「千里之行，回頭是岸。」

我聳了聳肩，正要回頭時——

「這是你的東西嗎？」

——突然聽到一個人的聲音。

那聲音有點嘶啞，又帶些慵懶。我四處張望，尋找那個人在哪裡，但周圍看不到半個人影。雖然我的身邊一向沒什麼人，但現在不是這個意思。除了我自己，這個屋頂上實在找不到其他人。

「你在看哪裡？」

有氣無力的聲音從頭頂上飄落，像在嘲笑我，我這才恍然大悟。所謂的高高在上，大概就是這種感覺。屋頂上還有個突起的部分，沿著梯子往上爬到頂，便能到達水塔所在的地方。

那個人靠在水塔上，往下俯瞰著我。

她手裡把玩著一個廉價打火機，視線跟我對上後，便把打火機塞進制服口袋。

那名少女的頭髮黑中帶青，長度幾乎等同於身高；胸口沒有繫上領結，領口敞開；衣服下襬多出來的部分打一個鬆鬆的結；那雙修長的腿看似敏捷。此外，她的眼睛彷彿隨意看向遠方、沒有什麼活力，眼角下的愛哭痣更散發出一種倦怠感。

「這是你的東西嗎？」

她又問一次，語氣沒有任何改變。我不知道她是哪一個年級的學生，所以先用點頭的方式代替回答。畢竟對方如果是學姐，我就得用敬語回答；但如果弄錯，那不是很丟臉嗎？所以說不論何時何地，保持沉默都是最安全的。

「……等我一下。」

她嘆一口氣，手扶著梯子滑下來。

這時候——

一陣風又吹起。這股宿命般的風，宛如要掀開低垂的沉重夜幕。一塊寄託著美

夢的布料在神風中飄動，彷彿生生不息的火焰。

這樣描述似乎充滿詩意。總之，我看到她的內褲了。嘿，幹得好！

她下滑到一半就把手放開，發出「咚」一聲落到地上。把調查表還給我之前，她還稍微瞄一眼。

「……你是笨蛋嗎？」

接著，她粗魯地把調查表交給我，幾乎可說是用扔的。我接下調查表之後，她便轉身往校舍的方向消失。

我連「謝謝」、「為何罵我是笨蛋」或「看到妳的內褲，對不起」都來不及說，一個人被留在原處。

我只能單手拿著對方送還的調查表，用另一隻手搔搔頭。

這時，屋頂上的擴音器傳出午休結束的鐘聲。

於是，我也回頭往屋頂大門走去。

「黑色的蕾絲啊……」

總有一天，這句稱不上嘆息也不算桃色吐息的低喃，大概會乘著帶有大海氣息的夏風，散播到世界各地吧。

川崎沙希
saki kawasaki

生日
10月26日

專長
空手道。

興趣
做毛線編織娃娃。

假日活動
打工、和弟弟妹妹作伴。

比企谷小町
komachi hikigaya

生日
3月3日

專長
身體很柔軟、烹飪、照顧哥哥。

興趣
存錢、捉弄哥哥。

假日活動
照顧貓咪、
和整天待在家裡的哥哥作伴。

果然我的
青春戀愛喜劇
搞錯了。

職場見習調查表

2年　F班

總武高級中學

比企谷　八幡

1. 希望從事的職業：

家庭主夫

2. 希望參觀的職場：

自己家

3. 請說明理由：

古人云：「工作就輸了。」

勞動是冒著風險以求得到回報的行為。以結論來說，勞動最大的目的，是以最低的風險換取最大的回報。

年紀尚幼的女孩，亦即小女生們會說出「將來我要當新娘」這類夢想，並不是因為那樣很可愛，而是出於一種生物本能。

因此，我認為「不工作待在家裡」的選擇很妥當，甚
可說是非常正確。故本次的職場見習，我希望參觀家
主夫的職場，也就是自己家。

1

於是，由比濱結衣決定開始念書

教職員辦公室的一角規劃為會客區，那裡擺了皮革製的黑色沙發和一張玻璃桌，跟其他區域分隔開來。從會客區的窗戶往外看，可以看到校內圖書館。

舒爽的初夏之風從敞開的窗戶吹入，一張紙隨之飄起。

我沉醉於這幅令人傷感的光景，目光追著那張紙，想知道風要帶著它吹向何方。接著，那張紙像一顆潸然落下的淚滴，輕飄飄又何等無力地飄落地面。

這時，一隻鞋跟發出「咚」一聲，以萬鈞之勢牢牢釘住那張紙。

那是一雙修長的美腿。即使被緊身褲裝包覆住，依然看得出其長度和美好。褲裝要穿得好看，身材必須非常完美才行。如果是穿裙子，還可以靠露出雙腳或穿褲襪來增添性感；但換成掩蓋住那些魅力的褲裝，很容易顯得土裡土氣、毫無風情。即使擁有苗條的身材，但要是沒有一雙緊緻又不失肉感的雙腿，褲裝就無法發揮該有的價值，甚至還會顯得難看。

然而，出現在我眼前的褲裝不同。那雙腿之勻稱，用黃金比例來形容都不為過。

而且不只是雙腿，小蠻腰也畫出平滑的曲線，一路往上來到豐滿的胸部……哇，我來到富士山嗎？

從腳底到胸部，她的身材曲線像是一把小提琴，而且不是單純的小提琴，是跟小提琴中的極品「斯特拉迪瓦里」一樣完美。

但問題在於這副身材的主人有一張非常恐怖的面孔，簡直如同運慶和快慶（註3）一同製作的金剛力士像。不論從藝術、文化或歷史的角度來看，都相當可怕。

教授國文的平塚老師叼著香菸濾嘴，惡狠狠地瞪著我，臉上的表情像在說「我正在忍耐不要發飆」。

「比企谷，你應該知道我要說什麼吧？」

「這、這個嘛……」

我無法承受老師睜大眼睛投射過來的視線，於是用含糊的回答帶過並別開臉。

下一秒，平塚老師從右手小指頭開始收緊。光是這個動作，手指關節便發出劈里啪啦的聲響。

「……難不成你想回答『不知道』？」

「您誤會了！我當然很清楚！剛剛我是要說『這個我知道』！我會乖乖重寫一份，請不要揍我！」

註3　兩人均為日本鎌倉時代知名的佛像製作師傅。

「廢話，當然要重寫。真是的……我本來還以為你稍微有點改變。」

「因為我的理念是貫徹初衷。」

我露出一個「耶嘿♪」的笑容。接著，平塚老師的太陽穴一帶，好像發出某種東西斷裂的聲響。

「果然還是得用拳頭修理一下嗎……不論是電視或其他什麼東西，用拳頭解決才是最快的。」

「這、這怎麼行，不能把我比喻成那種精密的機器吧。再說，最近的電視越來越薄，也禁不起太用力敲打，看來老師跟我們的年紀果然——」

「衝擊的第一拳！」

咚！老師出招前喊得氣勢十足，相較之下，拳頭戳進我腹部時，只發出「咚」的小小一聲。

「……唔咳！」

我拚命把逐漸遠去的意識拉回來，抬起頭看到平塚老師不安好心的笑。

「如果不想吃我殲滅的第二拳，少在那邊耍嘴皮子。」

「非、非常對不起……抹殺的最後一拳就免了吧。」

我乾脆地道歉後，平塚老師心滿意足地坐下，椅子發出一陣嘎吱聲。或許是我當下道歉的關係，老師此刻的笑容顯得神清氣爽。雖然她平常的言行舉止實在是令人不敢領教，讓人很容易忘記她其實是一個大美人。

「『超能奇兵』真是一部好動畫，好在比企谷你一下子就能瞭解我的梗。」

容我訂正，看來她只是因為有人明白她使用的題材而覺得高興，這種個性果然還是令人不敢領教。

最近我終於知道老師的興趣是什麼，簡單說，就是看一些非常熱血的動、漫畫。可惜這種小知識實在是無聊到極點，腦容量又被浪費掉一些。

「那麼，比企谷，為了慎重起見，我還是問一下。你寫這種亂七八糟的回答到底是想怎樣？」

「什麼想怎樣……」

根據常理，有人向自己問問題時，自然必須回答對方。但是，我已經把自己能回覆的答案都毫不保留地寫在那張調查表上，要是老師看完之後仍無法理解……那我也不知道該怎麼辦。

平塚老師似乎看透我的心思，吐著白煙看向我說：

「雖然我早已知道你的性格很彆扭，但本來以為你多少會有點成長。看來侍奉社並沒有帶給你什麼影響呢。」

「是……」

我試著回想平塚老師說的那段「侍奉社」生活。如果要用一句話說明這個社團在做什麼，就是聽取學生們的煩惱，協助他們解決問題。但說穿了，那只不過是個隔離病房，把沒辦法好好融入校園生活的人聚集起來。我被要求去協助其他學生，藉以矯正自己彆扭的個性跟死魚眼，但實在沒特別做什麼，所以並沒有多大的歸屬感。如果硬要舉個例子的話……嗯，戶塚真是可愛，只有這樣。

「比企谷……你的眼睛突然變成死魚眼囉，還有把口水擦掉。」

「啊！糟糕，一不小心就……」

我趕緊用袖口擦擦嘴角。好險好險，體內的某種東西差點要覺醒。

「……你的毛病根本沒有改善，反而更加惡化啊。」

「不不不，跟老師比起來，我認為自己並沒有那麼嚴重。以老師的年紀，還會提到『超能奇兵』——」

「殲滅的……」

「——可見得您果然是一位成熟的女性！我可以切身感受到老師不遺餘力推廣名作的使命感。沒錯！哎呀，我是說真的啦。」

我費了一番功夫把話拉回來，以免再次遭到老師的拳頭伺候。雖然平塚老師的確收起拳頭，但眼神還是一樣凶狠，不禁讓我想到野生的猛獸。

「真是的……總之，職場見習調查表給我重寫一次。還有，為了懲罰你傷到我的心，幫我統整這些調查表。」

「……是。」

堆在我面前的是一大疊紙張。我必須像麵包工廠的工讀生一樣，把一張一張的調查表分門別類，而且旁邊還有人監視。

現場只有我跟一名女老師，但根本不會有什麼讓人血脈賁張的發展，更不會有被老師揍一拳時，不小心碰到老師的胸部這種好事。

那些通通都是假的。騙子！那些寫美少女遊戲劇本的，還有寫戀愛喜劇的輕小說作家，最好馬上來跟我道歉。

× × ×

在這所千葉市立總武高級中學，二年級學生有個名為「職場見習」的活動。這個活動會蒐集大家想見習的職業，然後讓我們實際到職場參觀。這是「寬鬆教育（註4）」的一環，目的是讓我們親身體會出社會的感覺。

其實職場見習本身沒什麼不好，每間學校也都有類似活動，但現在的問題是，這個活動就接在定期考試之後，代表我得犧牲寶貴的念書時間，幫忙處理這種雜務。

「話說回來，為什麼要挑剛考完試的時間舉辦啊……」

我一面忙著把調查表依職業類別分類，一面開口問道。坐在空桌上，嘴裡叼著一根菸的平塚老師為我解答：

「學校就是刻意選在這種時間舉辦的啊。你應該也知道，暑假結束後就要選擇三

註4 自二〇〇二年開始推行，旨在培養學生的思考能力和知識運用能力，並且豐富其社會經驗。教育大綱則將必須學習的內容減少三成，減輕學生負擔。

年級的類組吧？」

「有那種事嗎？」

「我應該在班會中講過……」

「喔，那算是我的客場，所以我沒什麼在聽。」

但是說真的，為什麼班會要叫做「Home Room」呢？又不是要去老師家，雖然我打死都不想去那裡（註5）。

還有，大家輪流當值日生、負責在班會和上下課喊口令的制度，最好趕快廢掉。每次輪到我喊口令時，班上總是顯得特別死氣沉沉。不要再這樣折磨我好嗎？如果換葉山喊口令，大家明明會又笑又鬧，而他也會笑著要大家安靜下來，整間教室顯得一派歡樂；但是一輪到我喊口號，同學們便通通閉上嘴巴，連個噓聲都懶得給。照這樣看來，那甚至連我的客場都算不上。

「總之，學校在暑假前的定期考試後舉辦職場見習，就是希望你們別只會考試，也要能明確規劃出自己的將來……雖然成效很讓人懷疑。」

平塚老師以這句話作結，吐出一個淡淡的煙圈。

我就讀的總武高級中學是升學型學校，超過半數的學生都打算繼續念大學，而且真的會做到。不用說，當他們進入這間高中時，已經立下繼續升學的目標。他們一開始就打算把自己的人生推遲四年，所以對未來當然沒什麼展望。看來

註5　「Home」也有「主場」之意。

除了我之外，幾乎沒有人會好好思考自己的未來——我是絕對不會去工作的。

「又在想什麼沒出息的事情啊……你打算選文組還是理組？」

平塚老師一臉受不了地對我問道。

「我嗎？我——」

「啊！原來在這裡！」

我正要開口，卻被一陣嚷嚷打斷。

出聲的人，是最近算得上比較熟識的由比濱結衣。她亮色的頭髮在頭上綁成一顆丸子，老大不高興地晃啊晃；下半身的裙子還是那麼短，領口的釦子打開兩、三個，看來清涼感十足。話說回來，她明明是我的同班同學，我們卻直到現在才逐漸熟識，就某種層面而言，我的社交能力真是厲害。

「哎呀，由比濱，不好意思，比企谷借我用一下。」

「他、他又不是我的東西！我、我一點也不在意！」

由比濱一面否認，一面還用力揮手。她那種「我才不需要這傢伙」的口氣，是教我如何不在意？像這樣被徹徹底底否定，實在有點受傷……

「有什麼事情嗎？」

回答我這個問題的不是由比濱，而是從她身後現身的另一名少女。隨著她的身體往前，頭上那對雙馬尾跟著跳動。

「因為你一直沒來社辦所以直接來找你，由比濱。」

「好啦好啦，即使妳不用倒裝句，我也知道妳不會有那個意思。」

這名黑髮少女是雪之下雪乃。如果光看外表，的確標緻得像個陶瓷娃娃，可惜她只有相貌特別端正，態度則跟冰冷的陶瓷沒什麼兩樣。

從今天見面第一句話就是對我的唾棄，可以看出我們平常的關係。總之，雪之下跟我一樣是侍奉社的成員，而且她擔任社長。我們不分晝夜地持續沒有意義的對抗，誓言血債血還……不，也沒有那麼嚴重啦，總之我們會挖彼此過去的瘡疤、在對方的傷口上灑鹽。

由比濱聽到雪之下的話，更是將心中不滿表露無遺，大剌剌地站到我面前。

「我可是到處奔波詢問你的下落耶！結果大家都回答『比企谷？誰啊』，害我費了好一番功夫。」

「這種事情就不用補充。」

為什麼要這樣直搗我的痛處？難道妳天生是神射手，根本不需要刻意瞄準？

「真是費了好一番功夫啊……」

不知為何，她竟然滿臉不悅地重複一遍，於是我在校園內對大家形同陌生人的這個事實，又對我發動一次攻擊。哎呀～如果學校裡每個人都認識你，找起人就輕鬆多啦～像我的存在感低到這種地步，說不定意外地適合當忍者呢。

「嗯……對不起。」

沒有人認識我，真是對不起——我還是第一次為這麼悲哀的理由道歉。要不是像我這樣擁有不屈不撓的精神，肯定會當場哭得稀里嘩啦。

「沒、沒有關係啦……不、不過……所以……」

由比濱的雙手在胸前侷促地扭動，開始害臊起來。

「至、至少留個電話嘛。你看，我這樣到處找人，實在很滑稽又很丟臉……反、反正，也不會有人問我們是什、什麼關係。」

由比濱的臉頰泛紅，似乎是回想起在校園裡到處詢問我的下落是多麼丟臉的事。她盤起雙手、把臉撇到一邊，眼角餘光偷偷觀察我的樣子。

「嗯……我是無所謂。」

我一把手機拿出來，由比濱馬上掏出她那支閃亮又花俏的手機。

「……那是什麼？長途貨車？」

「咦？不覺得很可愛嗎？」

她把那活像廉價水晶吊燈的玩意兒湊到我面前，上面那個疑似香菇娃娃的詭異吊飾晃啊晃的，讓人看了就覺得煩躁。

「不行，我還是無法理解蕩婦的品味。妳喜歡及川光博的那首歌嗎？或者說妳是烏鴉？或壽司專家？」（註6）

「啊？什麼壽司？還有不可以說我是蕩婦！」

註6 此處指及川光博的歌曲「ヒカリモノ」，歌名直譯為「發光物」。另外，「發光物」在壽司中意指魚皮發亮的魚類壽司，例如秋刀魚、竹筴魚、沙丁魚等。

她用一種看著怪鳥的眼神瞪我。

「比企谷，雖然那兩種比喻都是指發亮的東西，但我不認為高中生聽得懂剛才那段嘲諷。你使用的題材選得不好……真是可惜了壽司。」

平塚老師的雙眼發亮，挑出我失敗的地方。我說老師，您那種「這個笑話不錯」的表情，實在令人不太舒服……

「居然無法體會這支手機可愛在哪裡，你的眼睛瞎了嗎？」

看來「比企谷有一雙死魚眼」已經逐漸變成既定事實的樣子。算了，反正我早已死心，無妨。

「隨便啦，用紅外線傳輸可以吧？」

「不行，我的是智慧型手機，沒有紅外線傳輸功能。」

「咦～所以要用打字的方式輸入啊？好麻煩！」

「我又用不到紅外線傳輸的功能，也不怎麼喜歡帶手機。喏。」

我把手機拿給由比濱，她怯生生地接過。

「要、要我來輸入啊……是沒關係啦，不過你連想都不想就直接把手機交給別人，真是大膽……」

「反正我手機裡沒什麼見不得人的東西，只有老妹、亞馬遜跟麥當勞會寄信過來。」

「哇！真的！幾乎都是亞馬遜寄來的信！」

要妳管。

由比濱接過我的手機後，用非常快的速度打起字。平常看她一副慢吞吞的樣子，想不到動作挺快的。好，從今天開始就叫她「手指界的艾爾頓・塞納（註7）」。

「妳打字的速度真快……」

「嗯？這不是很平常嗎？我看是你沒有寫信的對象，手指才退化吧？」

「真沒禮貌，我國中時好歹寫過信給女生。」

她聽到這句話，震驚得把我的手機摔到地上。喂，那是我的手機耶！

「騙人……」

「妳知不知道那種反應很傷人？不知道對不對？現在應該知道了吧！」

「啊，因為我想像不出你跟女生相處的樣子嘛……」

她一邊打哈哈蒙混過去，一邊彎下腰撿起我的手機。

「妳是笨蛋嗎？我可是很厲害的，只要我有那個意思，根本不是問題。重新分班後，大家交換手機信箱時，我一拿出手機看看四周，就有人說『啊……那麼……我們也交換一下』，這不是很受歡迎嗎？」

「對方說『那麼……』啊。對你溫柔，通常是一種殘酷呢。」

雪之下露出溫柔的笑容說道。

「不要同情我！之後我們可是有好好通信！」

註7　巴西籍著名賽車手，曾經獲得三次F1世界冠軍。

「……她是個什麼樣的人？」

由比濱盯著手機螢幕，漫不經心地問道。但奇怪的是，先前在按鍵上高速移動的手指，現在完全停下來。

「嗯……感覺是個生活健康又高雅的人。我晚上七點寄信過去，她都會到隔天早上才回信，告訴我『抱歉，我睡著了～等一下學校見』，可見得生活多麼規律。不過到了教室，她一直不敢跟我說話，個性真的很內向婉約。」

「唔，那不就是……」

由比濱用雙手捂住嘴巴，以免發出哽咽，不過淚水還是流出來。

不用等她把話說完，我早已知道那是什麼情況。

「對方用裝睡忽略你寄來的信呢。比企谷同學，請好好面對現實，不要逃避。」

雪之下小姐，為什麼妳非得說出來不可？為什麼還一副洋洋得意的樣子？

「……我當然很清楚，清楚到可以編出一本比企百科。」

啊哈哈哈哈哈，真教人懷念～～太年輕就是這樣～～當時我真是好傻好天真。

我竟然那麼信任對方，絲毫沒有想過她只是出於同情才跟我交換手機信箱，順便回個信。後來有整整兩個星期，我寄一堆信過去，她卻連一封都沒有回，於是我就死心了。

『比企谷動不動就寄信過來，真是噁心，受不了。』

『他一定是喜歡妳啦～』

『咦？不可能不可能，絕對不可能！』

一想到那群女生可能有過這樣的對話，我恨不得去死算了，虧我那麼喜歡她！

那時候我還使用一大堆表情符號，現在回想起來真是可悲。我竟然煩惱著用愛心會不會太奇怪，又用閃閃發亮的符號啊、太陽啊、音符之類的……光是想到這些事，我便痛苦得快暈倒。

「比企谷……那、那麼，我也跟你交換信箱吧。我一定會好好回信，不會裝睡！」

平塚老師從由比濱手中接過手機，輸入自己的手機信箱地址。我可以感受到老師宛如滔滔江水般的同情。

「不用，我不需要那種溫柔……」

若論世界上最悲哀的事，莫過於跟老師用手機通信。這跟每年都拿到媽媽送的情人節巧克力有什麼兩樣？

這種可悲的心情是怎麼回事？反倒像雪之下那樣表現出漠不關心的態度，還讓我覺得比較欣慰。

最後，當手機回到我手上時，裡面多出兩個人的手機信箱。照理說，手機裡多存一點資料並不會變得比較重，但不知為何，我就是覺得它變得沉重。

這就是羈絆的重量嗎……好輕。過去我發狂似地追求那區區幾KB的資料，實在太可笑。雖然我不認為自己會有用到這些資料的一天，但還是打開通訊錄看看。

接著，映入我眼簾的是這樣的名字——

☆★結衣★☆

喂，這樣照五十音排列會排在哪裡？而且，這根本是垃圾郵件才會有的寄件者姓名吧？

真不愧是由比濱，文字間充滿蕩婦風格。於是我收起手機，假裝從來沒看到。

至於原本要幫老師分類的調查表，因為進行得很順利，現在已經沒剩幾張。我加快動作，把最後幾張分完。

平塚老師在一旁側眼看著，發出一陣咳嗽聲。

「可以了，比企谷。你已經幫我很多忙，快去社團吧。」

她不看我一眼，只是拿打火機點燃口中的香菸。此刻的她感覺特別溫柔，可能是剛才對我的同情還沒完全消散。不過，僅是這種態度就讓我覺得溫柔，可見她平常有多麼不溫柔。

「是。那麼，我去社團了。」

我拿起躺在地上的背包，掛上右邊肩膀。背包裡是今天要在社辦看的漫畫，跟幾本要複習的課本。

想必今天也會跟往常一樣悠閒，沒有人來找我們諮詢。

我踏出腳步，由比濱馬上跟在後面。要不是她來這裡找人，我大概已經回家了。走到門口時，背後又傳來老師的聲音。

「對了，比企谷，我忘記跟你說，這次的職場見習活動是三人一組，由大家自行選擇跟喜歡的人一組，不要忘記啦。」

什、什麼！

聽到那句話，我的肩膀立刻垂下來。

「……怎麼這樣……我才不要讓班上那些人踏進我家……」

「你仍然堅持要在自己家見習啊……」

平塚老師見識到我頑強的意志，不禁露出戰慄的表情。

「我還以為，你一定會討厭自行找人一組這件事。」

「啥？老師您在說什麼傻話？」

我迅速轉過頭，同時把頭髮往上撥起，眼睛睜得老大看向老師，順便亮出自己的牙齒。

「都已經過這麼久，孤獨的痛苦對我來說一點都不算什麼！我早就習慣了！」

「真難看……」

「妳是白痴嗎？英雄永遠是孤獨的，但他們還是很帥氣！所以說『孤獨等於帥氣』！」

「是啊，有個英雄的確會唱『只跟愛與勇氣做朋友』。」

「對吧？原來妳也有看麵包超人。」

「嗯，我一直很有興趣，想知道那些小孩要到幾歲，才會發現愛與勇氣根本不是什麼朋友。」

「那是什麼奇怪的興趣……」

不過雪之下說的沒錯，愛與勇氣根本不是朋友，那不過是用甜言蜜語包裝的假象，它的本質其實是慾望跟自我滿足，所以算不上什麼朋友。順帶一提，足球也不能算是朋友（註8）。

那些溫柔與同情，以及愛啊勇氣啊朋友啊，乃至於足球什麼的，我通通不需要。

× × ×

我們的社辦位於特別大樓四樓東側一個可以俯瞰運動場的位置。

象徵著青春的音樂，從敞開的窗戶流瀉進來。

外頭迴盪著少年少女們熱衷於社團活動的喧鬧聲，再加上球棒發出的金屬聲和尖銳哨音，管樂隊的豎笛和小喇叭也跑來插花。

既然擁有如此美妙的背景配樂，我們侍奉社的人又在做什麼呢？

簡單說來，什麼都沒有做。

我正在翻閱跟妹妹借來的少女漫畫，雪之下埋首於皮革外皮的文庫本，由比濱則慵懶地玩著手機。

註8　出自《足球小將翼》主角大空翼的台詞。

一如往常，完完全全是零分的青春。

不管是哪個社團，想必都有人在社辦裡鬼混吧。據我所知，橄欖球社的社辦已經變成麻將館，他們練習前後都會習慣性地摸個兩圈，因此到隔天早上，我們常看到那些橄欖球社的社員在教室或走廊上為社幣的問題爭吵不休（社幣是只在他們社團內流通的貨幣，特徵是跟日幣非常相似，但絕對不是現金）。

就我看來，那只是在社辦打麻將而已；不過對他們而言，想必是非常重要的溝通方式，也是光輝燦爛的一頁青春吧。

不過，在那些人當中，究竟有多少人真正瞭解麻將的規則呢？能像我一樣在津田沼的ACE（註9）流連，上海麻將和脫衣麻將通吃的人應該不多。他們一定是為了打進朋友的圈子，才努力去學習、記規則。順帶一提，上海麻將雖然會用到麻將牌，但是跟麻將規則沒有關係。如果真正想學會規則，唯一的辦法就是打脫衣麻將。畢竟為了胸部，人類都會認真起來。

透過這些方式讓雙方產生共通的語言，是成為朋友的過程中不可或缺的一步。

過去的由比濱結衣就是一個典型的例子。

想到這裡，我翻一下少女漫畫，看到裡面有些兒童不宜的內容後，把視線移向由比濱。她一手拿著手機，臉上浮現曖昧的笑容，還發出一陣極其輕微、幾乎要聽不到但又非常深刻的嘆息。雖然我沒聽到她的嘆息聲，不過從胸部明顯的起伏，便

註9　位於千葉津田沼站附近的遊樂場。

能得知那口氣嘆得有多深。

「怎麼回事？」

詢問這個問題的不是我，而是雪之下。她的視線並沒有離開手中的文庫本，但還是察覺到由比濱不太對勁。難道她有聽見那陣嘆息聲嗎？真不愧是有一雙惡魔耳朵的惡魔人。

「啊，嗯……沒什麼，只是看到一封有點奇怪的信，有點驚訝而已。」

「比企谷同學，如果你不想進警察局，就不要再傳那些下流的內容。」

她竟然直接認定那封信是在性騷擾，而且把我當成犯人看待。

「才不是我！妳有什麼證據嗎？拿出來給我看啊。」

雪之下聽到我抗議便露出勝利的表情，撥開披到肩上的頭髮。

「你剛才那句話就足以成為證據。犯人的台詞永遠不脫『證據在哪裡』、『真是了不起的推理，你不覺得改行去寫小說比較好嗎』、『我怎麼能跟殺人魔共處一室』這幾句。」

「最後那句是被害者的台詞吧……」

那根本算是死亡的徵兆啦。

雪之下聽我這麼一說，歪著頭納悶「是這樣嗎」，然後啪啦啪啦地翻起手上的文庫本。看來她是在看推理小說。

「不是喔，我覺得犯人不是自閉男。」

由比濱慢了好幾拍才幫我討回公道。雪之下聞言，翻閱小說的手停下來，用眼神問她：「證據呢？」喂！妳這麼想把我當成犯人啊！

「嗯～～該怎麼說呢？這封信是在寫班上的事，所以應該跟自閉男沒有關係。」

「我好歹跟妳同一班耶……」

「原來如此，所以比企谷同學不是犯人囉。」

「那還真的能當成證據喔……」

大家好，我是二年F班的比企谷八幡。

我又受傷了，不禁在心中做一次自我介紹。不過，至少不用被當成犯人，算是一件好事吧。

「……反正這種事情很常發生，我不會太在意的。」

由比濱「啪」一聲把手機闔上，不過那股沉重的感覺，彷彿是同時關上自己的心門。

她說那種事情很常發生啊……順帶一提，我從來沒收過那樣的信。

……沒有朋友真是太好啦！

不過說真的，一個人的朋友多了，就得時時面對這種複雜的問題，實在很辛苦。從這點看來，只要練就跟我一樣的境界，便能從塵世的汙穢觀念中解脫。如果用佛教比喻，我簡直是釋迦牟尼佛，真是偉大。

由比濱闔上手機後就沒再碰過。

關於那封信到底是什麼樣的內容，我只能推測而已，但想必不是什麼讓人愉快的東西。更別說她是個蠢蛋、心直口快的大笨蛋，又是經常顧慮我跟雪之下的濫好人，所以也可能冒出一些不必要的擔心。

她往後靠向椅背，大大伸一個懶腰，像是要勉強自己揮去那些不快。

「……好無聊喔。」

把打發時間用的手機封印起來後，她隨意靠坐在椅子上說道。那個動作讓胸部突出得非常明顯，害我不知道該把視線往哪裡放，最後只好移向不用擔心這種問題的雪之下胸前。

雪之下的胸部如同一面峭壁，可說是絕對安全。

聽由比濱這麼說，雪之下闔上文庫本，勸對方：

「如果沒有事做就趕快念書，距離定期考試已經沒多少時間。」

不過，她沒有一絲強迫對方念書的意思，完全是事不關己的語氣。但這也是可以理解的，畢竟對雪之下來說，定期考試跟吃飯、喝水一樣平常。在大大小小的所有考試中，她總是名列榜首，即將到來的定期考試根本不可能影響她。

由比濱大概也知道這一點，不太好意思地移開視線，嘟噥道：

「妳不覺得念書很沒意義嗎？出社會之後又用不到……」

「出現啦！笨蛋最常講的話！」

她的反應完全在我的預料之中，反而嚇得我叫出聲。喂，真的假的？現在還有高中生會說這種話喔。

由比濱大概是聽見自己被罵笨蛋而有些火大，因此激動地提出抗議。

「念書根本沒有什麼意義嘛！高中生活已經夠短了，還把時間用在念書上頭，不是太浪費嗎？人生只有這麼一次耶！」

「所以更不能失敗啊。」

「你的想法太負面啦！」

「請說是『規避風險』。」

「我看你的高中生活根本是徹底失敗吧？」

是的，事實上我根本沒有規避任何風險。喂喂喂，別鬧了，難道我的人生陷入瓶頸嗎？這就是英文所說的「check out」嗎？跟旅館有什麼關係？

「不、不對，我從來沒失敗過，只是跟別人不太一樣。這是一種個性！『大家都不同，大家都很棒』就是這個意思！」

「沒、沒錯！這是個性！我不會念書也算是一種個性！」

我跟由比濱一搭一唱，說出笨蛋最常講的第二句話。話說回來，「個性」這個字眼真好用。

「金子美鈴聽到你這樣說，一定會生氣……」（註10）

雪之下嘆一口氣，手扶住額頭說道。

註10　「大家都不同，大家都很棒」出自金子美鈴的詩篇。

「由比濱同學，妳剛才說念書沒有意義，其實不是那樣子。所謂的念書，應該是由妳自己找出意義才對。正因為如此，每個人念書的目的或許不盡相同，但也不需要全盤否定念書這件事。」

這番話很有道理，也可以說是大人講的好聽話，亦即這種話要在大人之間才說得通。當他們回憶過去，討論「念書的意義到底在哪裡」時，才會得出這種結論。換句話說，這對正在轉變成大人的我們是說不通的。

事實上，能得出這番結論，並且不是為了要帥而是真心如此認為的，大概只有雪之下這種人。

「小雪乃的頭腦很好，所以沒什麼問題……可是我又不適合念書，認識的人也沒有在念書……」

雪之下聽到這段小小聲的嘟噥，眼神立刻變得銳利。由比濱察覺室內的沉默讓溫度下降不少，趕緊把嘴巴閉上。她大概回想起雪之下曾經因此對她說出很嚴厲的話，於是想辦法亡羊補牢。

「沒、沒有啦，我會乖乖念書……對了，自閉男也有在念書嗎？」

喔，竟然在雪之下生氣前轉移話題，看來她是想把焦點轉移到我身上，不過非常可惜——

「我有好好念書喔。」

「你背叛我！虧我還視你為笨蛋盟友！」

「真失禮，我的國文可是全年級第三名，其他的文科也不賴。」

「騙人……我完全沒聽說……」

順道一提，我們學校不會把大家的成績貼出來，只會將個人的分數與排名發給各個學生。雖然還是能用打聽的方式得知其他人的排名，但因為我在這方面沒什麼管道，大家自然不知道我的排名，反正他們又不會來問。當然，除了排名之外，他們也不會來問其他事情。

「難、難不成，自閉男其實頭腦很好？」

「才沒有那麼好。」

「……為什麼是妳回答啊？」

雖然跟雪之下相比，我的分數或許差她一點點，不過要說頭腦到底好不好，當然算是好的。於是，由比濱很明顯變成我們當中的笨蛋。

「唔唔～～竟然只有我要當笨蛋角色……」

「沒有這種事喔，由比濱同學。」

雪之下的聲音頗為冷酷，不過可以從表情感受到一些暖意，而且她的眼神很堅定。由比濱聞言，整張臉立刻亮起來。

「小、小雪乃！」

「妳本來就是笨蛋，不是在當笨蛋啊。」

「哇啊～～」

由比濱用粉拳敲打雪之下的胸口，雪之下則是一臉不耐煩地讓她打，還微微嘆一口氣。

「我的意思是，用考試分數跟名次衡量一個人的價值，本來就是笨蛋的行為。也有人考試考得很好，在做人方面卻是一塌糊塗。」

「喂，幹嘛看我？」

雪之下何止是瞄我一眼，根本是直盯著我。

「先聲明一下，我是因為喜歡才念書的！」

「咦……」

「因為你除了念書，也沒有其他事情可做吧。」

由比濱面露驚訝，雪之下則是在一旁多嘴，聽得我臉部肌肉突然痙攣一下。

「哎呀，跟妳一樣啊。」

「……這我不否認。」

「妳好歹否認一下吧！我都有點為妳感到難過耶！」

雪之下表現得滿不在乎，倒是由比濱的同情心氾濫，不但幫她發出不平之鳴，還用力抱住她，像是要更貼近她的傷痛。

「……好難過。」

但由比濱不顧雪之下的困擾，仍舊緊緊抱著她。

喂～等一下！我也要加入！我同樣是除了念書就沒什麼事好做喔！為什麼妳不

肯像那樣用力抱住我？嗯……不過要是她真的抱住我，我也會很困擾。

話說回來，那些現實充男女，真是喜歡動不動就靠得很近。到底該說這是自然的肢體接觸，還是該問「你是不是美國人」呢？不論是吐槽時往對方的頭敲下去，還是發生什麼事時緊緊把對方抱住，都算得上聰明的行為。他們的心之壁早已消失，就算搭上EVA肯定也無法發動AT力場。

由比濱繼續抱著雪之下並撫摸她的頭，同時不經意地開口說：

「不過，自閉男會用功念書還真是讓人意外。」

「哪有啊。其他想繼續升學的人，現在早已在做準備，之後應該還會有人參加補習班的暑期衝刺課程吧。」

千葉市立總武高級中學算是升學型學校，升學率相當高。比較認真的學生，大概從高二暑假就會開始準備大學考試，所以，現在差不多是時候思考該去津田沼的「佐佐木升大學」、西千葉的「川合塾現役館」，或稻毛海岸的「東新補習班」。

「而且啊，我還打算去補習班撈一筆獎學金（scholarship）。」

「……廢棄物（scrap）？」

「要撈廢棄物的話不用那麼辛苦，這裡已經有一個。你不就是個活生生的產業廢棄物嗎？」

「哎呀，雪之下，妳今天真是仁慈，我還以為妳會連我活著這件事都否定。」

「作賤自己到這種地步，反而落得輕鬆啊……」

雪之下按住腦袋，露出痛苦的表情。

「等一下，廢棄物到底是什麼？」

由比濱竟然跟不上我們的話題，難道根本沒聽說過嗎？喂喂喂，真的假的，由比濱小姐？

「那叫做『獎學金』，是發給優秀學生的獎金。」

「最近也有補習班讓成績好的學生學費全免。所以，如果我拿到獎學金，又跟家裡要到補習班的學費，那些錢就通通變成我自己的！」

一想到這裡，我忍不住興奮地跳起來。至於在場兩位女生看著我的神情，大概如同在自己房間跳霹靂舞然後被老妹白眼以對。

這樣一來，我便有明確的目的用功念書；家人看到他們的投資有所回報，也會感到安心；然後自己又有錢可以拿，真是一石三鳥之計！

然而，兩位女生臉上的表情十分複雜。

「那根本是詐騙……」

「以結果看來，他能夠把課程上完，父母又說不上有損失，而且補習班也多了優秀的學生，所以沒什麼問題。完全抓不到把柄說這是詐欺，可見得這傢伙有多麼狡猾。」

我又被數落一番。可、可是，這樣不是很好嗎？我只是撒個善意的謊言，並沒有傷害到任何人。

「未來嗎……」

由比濱突然發出低喃，還瞄我一眼，然後把雪之下的衣袖抓得更緊。雪之下似乎是被這舉動嚇一跳，略帶擔心地看著她。

「怎麼回事？」

「啊，沒有……不，也不能算是沒事……只是想到你們兩個的頭腦那麼好，畢業之後我們可能不會再見面……只是這樣啦，哈哈～」

說到這裡，她又用打哈哈的方式含混帶過。

「嗯……如果是比企谷同學，我絕對不會去找他。」

雪之下的臉上帶著些許笑意說道，但我只是聳聳肩，沒多說什麼。她看到我這次沒有回嘴，訝異地用疑問的眼神看向我。但真的沒什麼，雪之下，反正事實八成跟妳說的一樣。

不過，世界上就是有一種人，決定前往沒有同校畢業生的新環境，因此拚命念書考進縣內頗有名氣的升學型高中。他打算拋棄過去的一切，下定決心再也不跟過往那些同學見面。只要世界上還存在這種人，由比濱的擔憂自然有她的道理。

人們藉由身處相同的組織、交友圈，以及時時刻刻的溝通，保持彼此之間的親近。人際關係就是靠這些方式逐漸成形。

因此，如果把這層關係切斷，大家隨時都會變成自己一個人。

正因為這樣，只能靠電話和手機簡訊彼此聯繫，或者該說除此之外沒有其他聯繫的方法。人們稱之為「友情」嗎？肯定是如此。所以，他們才把心靈寄託在手機上，認為通訊錄的資料筆數，等於自己擁有的朋友數量。

由比濱緊緊握著手機，面帶笑容看向雪之下。

「反正我們都有手機，隨時能保持聯絡，不會發生那種事！」

「但也請妳不要因為這樣，天天寄信過來……」

「咦？難、難道妳不喜歡嗎？」

「……我常常覺得很麻煩。」

「話未免說得太白吧！」

……這兩人的感情真好。不過，她們是什麼時候開始互相寄信？

話說回來，我很難想像雪之下用手機寄信的樣子。

「天天寄信……妳們是有多少事情可以聊？」

「嗯……像是『今天我吃了泡芙☆』」

「『喔。』」

「『小雪乃會做泡芙嗎？下次我要吃吃看妳做的其他點心！』」

「『知道了。』」

「妳回覆得真隨便，雪之下……」

「其他都是一些不重要的內容。」

雪之下不滿地說道，還把視線瞥向一旁，可悲的是我竟能理解她的感受。

不過說真的，若要跟人閒聊，到底應該聊些什麼？雖然說最簡單的聊天方法是談論天氣，不過像「今天天氣真好呢」、「是啊」這樣，不是兩句話就結束嗎？在電話中聊到一半沒有話題時，可不是說句「啊，剛才天使飛過去耶，呵呵呵（註11）」便能蒙混過去。

「手機啊……其實不像妳所想的那麼好用，那是一種很不完全的溝通方式。」

就某方面來說，我覺得手機會讓人更快陷入孤獨。有人打來時，可以選擇不接聽或不管它；收到的郵件放著不回，它就會繼續躺在信箱裡。人際關係開始出現取捨的選擇後，溝通會隨每個人的心情時有時無。

「的確。接不接電話、回不回郵件，都是收到的人個人的自由。」

雪之下點點頭，對我不經意的一句話表示同意。先不論內在如何，她的外表那麼出眾，想必被一堆人要過電話和手機信箱。

即使是我，還是清純國中生時也曾經鼓起勇氣跟可愛的女生要手機信箱，但每次都被對方用「抱歉，我的手機剛好沒電，晚一點再寄給你」的方式婉拒。我明明還沒說自己的信箱地址，她是要怎麼寄過來呢？其實，就算到了現在，我仍然痴痴地等待著……

「而且，如果是真的很討厭的信，我會直接忽視。」

雪之下又這麼說。由比濱聞言，以食指抵住下巴稍微思考一下。

註11　出自法國俗語，用來描述談話中眾人突然陷入沉默的情況。

「所以說……我寄的信不算討厭囉？」

「……我沒說是討厭，只是覺得很麻煩。」

雪之下在由比濱熱情的注視下，忍不住偷偷移開視線，臉頰還微微泛紅。那反應算得上是可愛，不過跟我沒關係，所以怎樣都無所謂。

由比濱也鬆一口氣，整個人撲到雪之下身上。雪之下不悅地把臉別開，任對方抱住自己。不過這跟我又沒關係，所以怎樣都無所謂啦。

「原來如此。不過，手機真的沒有那麼萬能呢。」

由比濱緊抱著雪之下不放，彷彿深深感受到那種羈絆是何等脆弱。

「我、我也來好好念書吧……如果能考上同一所大學就好了。」

她輕輕說出這句話，視線垂落到地上。

「小雪乃已經決定好要考哪間大學嗎？」

「還沒做出決定，不過應該是國立或公立大學的理科科系。」

「聽起來超厲害的！那、那麼……自、自閉男呢？我、我只是順便問一下喔。」

「我要考私立大學的文科科系。」

「那我應該也可以試試看！」

由比濱終於恢復笑容。不過，那句話是什麼意思？

「我先告訴妳，不准小看私立大學的文科科系，快向全日本的這些科系道歉！而且，我跟妳的等級根本不一樣。」

「嗚……人、人家會用功念書啦！」

她放開雪之下，如此大聲宣言。

「所、所以，我們從這個星期開始舉行讀書會。」

「……什麼？」

「反正考前一週會停止社團活動，下午不是很閒嗎？啊，對了，這週二又有『市教研』，所以社團活動暫停，這個時間應該也不錯。」

她完全無視雪之下的疑惑，逕自開始規劃。話說回來，「市教研」這個詞我曾在國中時聽說過，那是「千葉市教育研究會」的簡稱，老師們都必須參加，所以有時候學校會提早下課或停止社團活動。

其實，我也不是不知道由比濱的打算。這裡有個準備報考國公立大學理科系、全年級第一名的雪之下，還有國文全年級第三名的我在，對她來說，有如在考試前打一記強心針。再說，由於我有個笨蛋老妹，所以對於指導別人念書這件事頗有自信。至於老妹接受我的指導後，成績依然沒什麼起色，都是因為她太笨的緣故。

如果要說現在還有什麼問題，就是我不想幫這種忙。

我最痛恨的事，莫過於私人時間受到剝奪。運動會結束後的慶功宴也在我的黑名單中，才、才不是因為我沒有受到邀請喔！時間可是非常有限的資源，犧牲自己的時間去陪別人，對我來說實在相當痛苦。

「那個……」

當我還在思考該如何婉拒時，兩個女生仍自顧自地繼續討論。

「那麼，去ＰＬＥＮＡ的『薩莉亞』（註12）如何？」

「我都可以。」

「那個，由比濱……」

若不趕快說清楚，就要變成定案了！我正打算開口拒絕時，被由比濱的下一句話打斷。

「這是我第一次跟小雪乃單獨出去呢！」

「是嗎？」

………………

原來我根本不在受邀名單中。

「自閉男，你剛剛要說什麼？」

「沒、沒事……請加油。」

一個人念書才有效率！我絕對不會輸的！

註12　ＰＬＥＮＡ是位於千葉市幕張的購物中心，「薩莉亞」是一間日本義式連鎖家庭餐廳。

yui's mobile

FROM ☆★結衣★☆: 18:21

TITLE nontitle

辛苦了～ヾ(*･ω･)ノ゜+.
世界史你念完了嗎？我真的完
全不會啦(>_<)！
你覺得會考哪些部分？
已經沒有時間了，只好來猜題
……拜託告訴我一下嘛☆

FROM ☆★結衣★☆: 18:30

TITLE Re2

自閉男，你為什麼要生氣(´･ω･`)？

FROM ☆★結衣★☆: 18:31

TITLE Re4

不用一點表情符號，看起來就很像在生氣嘛(`･ω･´)！

FROM ☆★結衣★☆: 18:32

TITLE Re6

象形文字？那是什麼(´･ω･`)？

hachiman's mobile

FROM 八幡 18:29
TITLE Re
沒有用啦，世界史的範圍那麼大，一定猜不到。但也因為範圍很大，所以不會考申論題。
記得把年表裡出現的名詞看熟，其他就是硬背。

FROM 八幡 18:30
TITLE Re3
啥？我又沒有生氣。

FROM 八幡 18:32
TITLE Re5
那是哪國的文化？古埃及人嗎？我才不用那種活像象形文字的東西。

FROM 八幡 18:33
TITLE Re7
這是世界史的考試範圍耶……

2

比企谷小町長大後，一定會跟哥哥結婚

身為一個乖巧的高中男生，到了定期考試的前兩週，放學後就應該去家庭餐廳努力念書。而且今天老師必須參加「市教研」，學校因此提早下課，社團活動跟著暫停，更是念書的好時機。

我埋頭於制式化的英文單字抄寫練習，像是親鸞這位歷史上的高僧。順帶一提，親鸞就是提倡「他力本願」（註13）的人物，真的非常偉大。我深深為他的思想打動，立志尋找一個願意養我的人。從佛教的觀點看來，我簡直是親鸞大師。

寫完考試範圍的單字後，我決定一邊喝可可亞，一邊用紅色半透明板遮住書上文字，確認自己是不是都記起來了。

正當我手拿杯子站起身時——

註13 親鸞是日本鎌倉時代的僧侶，淨土真宗的創始人。「他力本願」在佛法上是指借助阿彌陀佛普渡眾生的本願成佛，這裡則是指依賴別人幫忙。

「不是去薩莉亞真是不好意思，小雪乃～我們下次再去吃米蘭風焗烤吧。啊，我也很推薦惡魔風漢堡排喔。」

「去哪裡我都沒意見，反正一樣要念書……不過，漢堡排算是義大利料理嗎？」

這兩個聲音聽起來真耳熟。

「啊！」

「……哎呀。」

「唔！」

三個人一看到彼此，全都當場愣住。總覺得我們好像蛇、青蛙、蛞蝓的組合（註14），而且我非常可能是那隻蛞蝓。

走進店內的是穿著制服的雪之下雪乃和由比濱結衣。非常遺憾的是，我們是同一個社團的社胞。順帶一提，「社胞」專門用於從事靜態活動的社團。在天時地利人和之下，今天我第一次使用這個單字。

「自閉男，你在這裡做什麼？」

「沒有啊，我在這裡念書……」

「喔～那還真是巧，我跟小雪乃也想來這裡用功一下……那、那麼，我們要不要一起開讀書會？」

由比濱來回觀察我跟雪之下的反應。

註14　比喻三方互相牽制的局面。

「我無所謂，反正都是要念書。」

「……是啊，這點大家都一樣。」

我們兩人難得意見一致，倒是由比濱歪著頭，臉上閃過一陣懷疑的神情。不過她還是決定不要想太多，說聲「那就這麼決定」，直奔我的座位。

我幫她們加點飲料吧之後，去為自己裝新的飲料時，看到雪之下認真地打量著飲料機。她右手拿杯子，左手不知為何握著銅板。

「我說……比企谷同學，硬幣要從哪裡投進去？」

「啊？」

雪之下小姐，您在說笑嗎？難道您沒聽說過「飲料吧」？您到底是在多麼上流的家庭裡長大啊？

「不用投幣啦。嗯……妳知道吃到飽的餐廳吧？大概就像那種餐廳的飲料版。」

「……日本這個國家還真是富裕。」

雪之下臉上浮現一抹陰沉的笑容，還說出讓人摸不著頭緒的感想。然後，她讓我先裝飲料，自己則在一旁認真研究。看到我按下按鈕、可樂灌滿杯子時，那雙眼睛都發亮了。

為求保險起見，我也把裝熱飲的杯子放到濃縮咖啡機上，按下可可亞的按鈕。如此示範一次之後，雪之下輕聲說道：「原來如此……」

她以讓人捏一把冷汗的方式裝好自己要喝的飲料後，我們回到座位，準備進行讀書會。

「那麼，我們開始吧。」

隨著由比濱一聲令下，雪之下拿出耳機掛到頭上。我在一旁見狀，便把自己的小型耳機塞進耳朵。

由比濱看到這一幕，不禁露出錯愕的表情。

「啊？你們為什麼要聽音樂？」

「念書聽音樂很正常啊，可以消除周圍的雜音。」

「沒錯，而且當妳感覺不到音樂時，代表自己非常專心，這樣一來會更有動力。」

「不對啦！讀書會不是那樣子！」

她「碰碰碰」地拍打桌面發出抗議，雪之下則抵著下巴陷入思考。

「……那麼，讀書會應該是什麼樣子？」

「嗯……大家先確定出題範圍，找出不懂的地方問問題……然後是休息時間，休息結束後繼續討論，還有交換彼此得到的資訊。嗯……偶爾也會閒聊吧？」

「那樣不就變成只是在聊天而已嗎……」

明明是讀書會，卻沒有人在念書。而且，她不覺得那麼多人反而很麻煩嗎？

「念書本來就應該自己來啊。」

雪之下對她曉以大義，這句話我也完全同意。

換句話說，剩下自己一個人便能念書！快把這句話加進函授教材附的漫畫裡！

由比濱起先還無法接受，不過看我跟雪之下都默默埋首於書中，也就死心地嘆一口氣，拾起自己的書本。

經過五分鐘、十分鐘之後……

我忽然抬起頭，看看另外兩人的樣子。只見由比濱的手停下動作，似乎是碰到什麼困難，但雪之下仍默默解著數學題，看來非常認真。由比濱大概覺得現在不方便打擾她，於是把視線轉向我。

「那、那個……這一題……」

問我問題難道那麼丟臉嗎？為什麼妳一副難以啟齒的樣子？

「『都卜勒效應』啊……我早就放棄物理，所以也不是很懂。但如果是電玩『質量效應』，我可以解釋給妳聽。要不要？」

「根本不對嘛！只有後面兩個字一樣！」

果然不行啊……虧我對於說明這件事還滿有把握的。

由比濱放棄似地闔上教科書和筆記本，用吸管把玻璃杯裡的冰紅茶喝光，然後拿起空杯子要站起身。這時，她好像發現什麼，因而發出「啊」一聲。

我跟著往她的視線方向看去，原來是個身穿庸俗水手服、極為可愛的美少女。

「是我妹……」

我妹妹小町在收銀機前高興地笑著，身旁還有一位穿立領制服的男生。

「抱歉，我離開一下。」

我馬上起身，從他們身後追上去，但是一出店門已找不到那兩人的蹤影。

我不甘願地回到店內，由比濱開口問道：

「啊，剛才那位是你妹妹嗎？」

「是啊，為什麼她會跟男生來家庭餐廳……」

在強烈的衝擊下，我已經無心用功。自己的妹妹竟然會跟陌生男子出現在這種地方……這是不可能的事！

「說不定是在約會喔～」

「別鬧了……怎麼可能……」

「是嗎～不過小町那麼可愛，就算有男朋友也很正常。」

「我這個哥哥都沒有女朋友，妹妹哪好意思交男朋友！世上不會有比哥哥優秀的妹妹！」

「蠢話不用說得那麼大聲，連我戴著耳機都聽得很清楚。」

雪之下拿下耳機瞪我一眼。她還把耳機線拉得很長，看來我如果再吵鬧，就會被她勒死。

「不是啦，妳誤會了。剛才我妹妹跟一個陌生男子……」

「但我怎麼看，都只是個普通的國中男生。我知道你很擔心自己的妹妹，但要是過問太多，反而會被討厭喔。最近我爸爸也一直在問『交男朋友了嗎』，真是快煩死啦～」

「哈哈哈，看來你父親還太嫩！我們家都深信妹妹不可能有男朋友，所以從來不問這種事，真是可悲……對了，妳怎麼會知道我妹的名字？」

我不記得自己曾跟人提過老妹的名字。何況，同學們連我的名字都不見得知道，哪可能知道我妹的名字？

「咦！啊，那、那個……對啦，好像是手機吧！印象中曾在你手機裡看到……」

不知道為什麼，由比濱回答這個問題時要把視線瞥向一旁。

對喔，我之前曾把手機給過她一次，她大概是那時候在哪封信裡看到的。

「這樣啊，太好了。我還以為自己愛妹妹愛得太深，老是下意識把她的名字掛在嘴邊。那豈不是有戀妹情結嗎？」

「呃，我看你的反應的確是有戀妹情結沒錯……」

由比濱稍微把身體往後縮。

「胡說！我絕對沒有戀妹情結！話說回來，我根本不是將她視為自己的妹妹，而是一個女性……哇！我開玩笑的！住手，不要拿出武器！」

雪之下看著我的眼神摻雜驚嚇和恐懼。見到她雙手拿起刀叉，我實在不敢再說下去。要是我膽敢說完那句話，肯定會被她千刀萬剮。

「從你的嘴巴裡說出來，一點都不像在開玩笑，真可怕……不過，既然你那麼在意，不如回家後問問看她吧？」

雪之下做出結論後，再度跟由比濱埋首書中。

可是，我再也沒有心情念書，轉而回想起過去小町喊著「哥哥～」，快步跟在我身後的樣子。而且，她說出「小町長大之後要跟哥哥結婚」這番話之後，老爸對我的攻擊就變得越來越凶猛。

算了，老妹的事怎樣都無所謂。

所以那天回家之後，我也沒有問她這件事。

我、我才不是因為聽說過問太多反而會被討厭，所以不敢問喔！

yukino's mobile

FROM 雪乃 21:36
TITLE Re
是嗎？我很期待。

FROM 雪乃 21:47
TITLE Re3
因為我還不習慣。
問個不怎麼重要的問題，妳
那些很像象形文字的東西，
是自己打出來的嗎？

FROM 雪乃 21:59
TITLE Re5
大約在一千九百年前就廢除
了。

yui's mobile

FROM 結衣　20:22
TITLE nontitle

今天辛苦了，小雪乃～
ヾ(。･ω･)ノ゜謝謝妳教我遞
迴數列♪
下次再一起去薩莉亞吧！
義式牛奶冰淇淋超好吃的
°*。(*´Д`)。*°

FROM 結衣　21:37
TITLE Re2

上面放些咖啡凍應該也很棒
v(>w<*)!YA!
還有，小雪乃回得好慢！

FROM 結衣　21:49
TITLE Re4

出現了！又是象形什麼的Σ(･□･)！
那個最近很流行嗎(´･ω･`)？

3

葉山隼人總是居於領導地位

再也沒有其他時間比下課時光更讓人心神不寧。

大家都從課堂的壓力中解放，聚在教室裡吵吵鬧鬧的，不是跟好朋友聊天閒扯，就是在討論放學後的打算，或昨天看的電視節目。那些對話聽在我耳中，根本是另一個國家的語言，完全沒有半點意義。

而且，今天的氣氛似乎又比平常更熱烈。想必是因為昨天放學前的班會中，大家得知參加「職場見習」時要自行分組的關係。決定分組跟見習的場所明明是後天班會中的事，他們到底在急什麼？

我聽到的對話幾乎都在討論「要去哪裡見習」，而不是「要跟誰一起去」，看來大家早已各自形成小組。

這也是理所當然的。學校本來就不是單純讓學生學習的地方，簡單來說，這裡好比社會的縮影、整個人類世界的迷你版。世界上會發生戰爭、出現衝突，學校裡同樣有霸凌問題；這個社會有強烈的階級意識，在學校裡依舊如此；至於民主主義更不用說，「多數決」制度在學校裡完全適用。多數派——亦即朋友多的人，聲音自然大聲。

我撐著臉頰，半夢半醒地看著那些同學。雖然昨天晚上睡得很夠，現在也沒什麼睡意，不過一直以來我都是這樣度過下課時間，所以身體已經養成條件反射動作，自動會開始想睡覺。

在逐漸模糊的視線中，突然出現一隻小手在我面前揮來揮去。

我抬起頭看個究竟，原來是戶塚彩加坐在我前面的座位。

「早安。」

他輕輕笑一下，對我說出每天醒來後的招呼。

「……每天早上都要幫我做味噌湯喔。」

「咦……咦咦咦？這、這是什麼意思……」

「啊，沒、沒什麼意思，是我睡傻了。」

好險好險，我竟然脫口跟他求婚……可惡，這傢伙為什麼長得這麼可愛！明明是個男的、明明是個男的！真是太浪費啦！等等，因為是男生……那麼，他願意每天早上幫我做味噌湯嗎？

「……有什麼事？」

「沒有什麼事，只是覺得比企谷同學應該在教室裡……現在不方便說話嗎？」

「沒有，哪會不方便？我還巴不得你整天都來找我聊天。」

我更希望你整天不停地跟我說喜歡我。

「那樣我們得隨時在一起才行呢。」

戶塚遮住嘴巴笑著，大概是覺得很有趣。接著，他兩隻小小的手一拍，像是想起什麼似地開口：

「對了，比企谷同學已經決定要去哪裡見習嗎？」

「這個嘛……可以說是決定了，也可以說是還沒決定。」

他歪著頭，從下方抬眼打量我的臉，很明顯沒有聽懂我的意思。不過，也因為這番舉動，讓我不小心從他的運動服領口瞄到鎖骨，因而趕緊把視線移開。為什麼他的肌膚那麼漂亮？每天都用哪個牌子的沐浴乳洗澡？

「啊～總之，我去哪裡見習都可以。如果不是自己家，其他地方對我來說都一樣，我是指一樣沒有意義。」

「嗯……比企谷同學，你常常說一些很深奧的話呢。」

我不記得自己說過什麼很難懂的話，戶塚卻一臉佩服地頻頻點頭。我彷彿聽到對方好感度上升的效果音。不對，不管我說什麼，戶塚都會對我提升好感度，這樣反而滿可怕的，我好像要一步步踏上禁忌的道路囉～

「那麼……你決定好要跟誰一組了嗎？」

戶塚的眼神總是帶點猶豫，但又能讓人感受到確切的意志，現在他就是用這種方式看著我。我怎麼覺得剛剛那句話中，好像隱含「我想跟你一起去見習，如果你已經找好組別，實在很可惜」的意思呢？

這個問題實在來得太出其不意。

因為太出其不意，我的記憶大門受到一陣強烈震撼。這陣敲打之強烈，簡直跟推銷報紙的傢伙不相上下。

印象中，過去曾有過類似事件發生呢……

沒錯，當時我剛升上國二，被抽籤抽中要當班長時，有個可愛的女生也主動要當班長，還害羞地跟我說「接下來一年請多指教囉」……

啊啊啊！好險！真是好險！我差點又被那種若有似無、完全摸不透底細的問句矇騙，再一次受到嚴重創傷！

我早已有過一次教訓，訓練有素的獨行俠是不會重複被騙的。不管是別人猜拳猜輸，玩處罰遊戲來跟我告白；還是由女生代筆，讓男生交給我的假情書，對我來說通通沒用！我可是身經百戰的強者！如果要比輸，我肯定是最厲害的！

好，冷靜下來。碰到這種問題時，最安全的方法是學鸚鵡把話重複一遍。所以○奇寶貝的大○雀是獨行俠中的高手！

於是，我用相同的問題反問戶塚。

「你決定要跟誰一組呢？」

「我、我嗎……已經決定了。」

戶塚突然被我反問後，雖然有些疑惑，但仍紅著臉如此回答。接著他垂下視線，只用眼角餘光窺看我的反應。

果然是這樣。畢竟戶塚是網球社的，擁有屬於自己的交友圈和容身之處，當然也有從那裡延伸出去的人脈。這樣一想，他在班上有朋友自然不是什麼奇怪的事。

反觀我自己，雖然有參加社團活動，但那個社團說穿了只是把不適應學校生活的人聚集在一起的隔離病房，在那裡根本不可能交到朋友。

「仔細一想……不，就算不用仔細想，也知道我沒有男性朋友呢。」

「那、那個……比企谷同學……我是男的啊……」

戶塚小聲地說了些什麼，但因為太過可愛，我沒有聽清楚。

話說回來，我會在教室裡跟人對話，也是種非常奇妙的體驗。前一陣子幫戶塚解決網球社的困難後，我們開始會在見面時隨便聊兩、三句。

但現在出現一個問題：這就是所謂的朋友嗎？

如果只是簡短聊個幾句，那麼，只要是認識的人——不，即使不認識也可以做到。例如在拉麵店排隊時，可能會跟旁邊的人閒聊一下，像是「人真多啊」或「今天還是這麼多人，我要舉白旗投降了」之類的，不過，你不會認為那些人是朋友吧？

如果是朋友，應該要像這樣子：

「隼人，你已經決定好要去哪裡見習嗎？」

「我想去大眾傳播公司或外商公司見習耶～」

「哇~你已經訂好未來的目標啦!真厲害!不過我們也差不多到了這種年紀呢,最近我就超尊敬老爸的。」

「所以接下來要認真啦~」

「哇~~可是,如果忘記少年之心也很可惜吧?」

我想就是這種感覺。如果能把一堆沒什麼營養的內容講得非常青春的樣子,那大概便能算是朋友。若是換成我,肯定會說到一半便忍不住笑出來,所以絕對沒有辦法。尊敬老爸?你是玩J-RAP的人嗎(註15)?

葉山隼人還是老樣子,在三個男生的圍繞下露出人見人愛的笑容。

大家都隨意用「隼人」這個名字叫他,他也很親切地直接喊那些人的名字,真是一幅適合用「朋友」來稱呼的畫面。

然而,在我眼中看來,他們之所以用「名字」稱呼彼此,只是為了感受友情的存在。現在不論是連續劇或動畫、漫畫,大家都直接用名字互相稱呼,所以他們不就只是有樣學樣嗎?那樣做真的會讓感情變好嗎?

……嗯,稍微試試看吧,畢竟凡事都是一種經驗。我行得正坐得端,沒有看過的漫畫絕對不會批評那有多爛;不過,如果我翻過後覺得不怎麼樣,可就會毫不留情地批評。

實驗名稱:用名字稱呼對方是否會改變人際關係?

註15 日本嘻哈界經常使用「respect」一字。

「彩加。」

「……」

戶塚聽到我叫他的名字，整個人僵在原處，還連眨兩、三次眼睛，甚至訝異地張開嘴巴。

看吧，關係根本沒有變好。冷不防被人用名字直呼，不論是誰都會不爽吧。像是材木座突然喊我「八幡」時，我也會來個相應不理。總之，他們那群現實充（笑）會那樣做，只是想欺瞞自己的心、掩飾自己的不滿，營造出感情融洽的氣氛。

所以，我還是趕快跟戶塚道歉。

「啊，抱歉，剛剛是……」

「……我好高興，這是你第一次用名字叫我呢。」

「什麼！」

戶塚笑了，眼眶還有些溼潤。喂，這是在開玩笑吧？難道我的現實生活也要開始變得充實嗎？現實充（尊）真厲害～令人刮目相看！

「那麼……」

這次換戶塚開口。他抬眼看著我說：

「我、我也可以……叫你『自閉男』嗎？」

「不行。」

為什麼偏偏是這個稱呼？這名字會讓人產生非常不好的印象，所幸現在只有一

個人會這樣叫。如果再多一個人，我可會相當頭大。

我一口拒絕後，戶塚露出有點可惜的表情，然後清清喉嚨，重新挑戰一次。

「那麼……八幡？」

……我完完全全體會到「胸口揪一下」是什麼樣的感覺。

「再、再來三遍！」

聽到我提出如此奇怪的要求，戶塚露出曖昧的笑容，似乎不知道該如何是好。

不過，他連猶豫的樣子都那麼可愛，反倒讓我不知該如何是好。

「……八幡。」他第一次叫得比較害羞，同時在觀察我的反應。

「八幡？」接著，他不解地把頭偏向一邊。

「八幡！你有在聽嗎？」這次他鼓起臉頰，有些鬧彆扭的樣子。

看到他露出不高興的模樣，我才猛然回神。不行不行，真是太可愛了，讓我一不小心看得入迷。

「啊，抱歉啦，剛才你說什麼？」

我先前處於出神狀態，只好這樣蒙混過去。同一時間，我在腦中記下今天的實驗結果。

結論：用名字直接叫戶塚，他會變得很可愛。

×　×　×

隨著運動場上的喧嚷聲逐漸消失，夕陽開始照進我們的社辦。落入東京灣的太陽發出最後幾道餘暉，融化盤據在遙遠天邊的黑夜。

「嗯……黑暗時刻要降臨了嗎……」

少年一邊低喃，一邊握起拳頭，合成皮革製的半指手套發出一陣擠壓聲。他盯著從袖口稍微露出、重達一公斤的護腕，然後吐出一口氣。

「看來，我該解除封印……」

在場沒有一個人理會他。

這裡明明有三個人耶……

材木座義輝打從剛才就一直瞄著我們，希望我們給點回應，不過雪之下雪乃完全不予理會，繼續看她自己的書；由比濱結衣則不知道該怎麼應對，向我跟雪之下投來求救的眼神。

「材木座……你有什麼事嗎？」

我一開口，雪之下立刻重重嘆一口氣，然後瞪我一眼。她的樣子像在說「不要理他不是很好嗎」。

不過，這是沒辦法的事。

我當然也不想理他，但這個狀況已經持續三十分鐘耶！這豈不是跟「勇者鬥惡龍五」雷努爾城的國王一樣嗎？要是我們再不說點什麼，他就會像那樣陰魂不散。

經我這麼一問，材木座高興地搓一下鼻子，還發出「呵呵呵」的笑聲。真噁心。

「喔，真是抱歉。我突然想到一句好台詞，可能是要確認語感跟節奏，才一不小心脫口而出。唉，我的作家精神果然深入骨髓，不管是睡著或醒著，無時無刻不想著自己的小說。看來我真是註定要當作家！」

材木座就是只有嘴巴比較厲害，令我跟由比濱無力地面面相覷。當雪之下「啪」的一聲闔上書本，他瞬間嚇得身體彈跳一下。

「作家就是要創作出一些東西讓人看……請問你創作過什麼？」

「唔、唔咕！」

他的上半身往後仰，喉嚨裡彷彿卡著什麼東西，這種反應真教人受不了。但是，他今天難得的相當堅強，不一會兒便重新振作，還故意先咳個幾聲才開口。

「咳嗯～妳也只有現在能這樣說，我可是得到通往黃金鄉的地圖！」

「什麼？你得獎了嗎？」

「還、還沒有……但只要我把作品完成，得獎只是時間早晚的問題！」

不知他為何要得意地挺起身體。嗯……剛剛那句話裡，有什麼好得意的內容嗎？如果他能那樣說，那麼，我用「ＲＰＧ製作大師」隨便做個遊戲也能改變日本的遊戲史。

材木座翻起大衣，再次高聲叫道：

「哇哈哈！你們好好驚訝一下吧！這次的職場見習，我決定要前往出版社！所以，明白了吧？」

「不，我完全不明白。」

「八幡，你真遲鈍。這代表我將得到人脈，才華終於要被挖掘出來！」

「你未免想得太美好……這比炫耀跟不良少年的學長是朋友的中二生還不如。」

但材木座沒聽進去，只是看著別的地方傻笑，口中還喃喃念著「工作室要在……配音要找……」，這副模樣著實令人不舒服。

更何況，即使說是出版社，其實各家水準高低不一。如果他真的深信自己會因此有一片光明的前途，我也沒辦法再多說什麼。

不過，照他那樣說來，事情有些奇怪。

「看來這次有人接受你的提議啊，材木座。」

「怎麼？把我說得跟虱子一樣不如……也罷，反正這次跟我搭檔的兩個人，剛好都是御宅族，我什麼都還沒說，他們已高高興興地決定要去出版社見習。他們一定是時下流行的ＢＬ吧？即使像我這樣子的人，在愛的力量之前仍是那麼無力，所以我才安安靜靜地不打擾他們。」

「去跟你的同類當好朋友不是很好嗎……」

由比濱兀自開口，完全不看材木座一眼。可是，我認為那種方式不可行。正因為他們的興趣非常相近，因此容易產生互不相讓的情況，大概如同宗教戰爭一樣。

「不過～職場見習啊……」

由比濱又充滿感慨地吐出那個字眼，還不停往我瞄來，然後迅速瞥向其他地方。她的視線像游泳選手般游移不定，總算要開口問我時，臉頰似乎還有點紅，難不成是感冒嗎？

「……自閉男，你要去哪裡見習？」

「自己家。」

「啊，已經沒有那個選項囉。」

她揮揮手，告訴我已經不能選擇自己家。

現在還沒到死心的時候……雖然心裡這麼想，但我不想再被平塚老師揍一次，所以的確已經死心。然後因為死心了，我的回合已經結束。

「嗯……那麼，看同組的人想去哪裡就去哪裡吧。」

「什麼啊？竟然完全交給別人決定。」

「哎呀，從以前開始就是這樣啦，我都是到最後一刻才被塞進某個組別，所以根本沒有發言的權力。」

「這樣啊……好吧，抱歉。」

由比濱還是老樣子，非常準確地踩中我的痛處……我敢說她玩踩地雷時，一定很快就爆炸。

說到這個，事實上，三人一組通常比兩人一組來得恐怖。如果是要求兩人一組，雙方還可以認命地默默接受對方；但換成三人一組，就會碰到其中兩人的感情很好、聊天聊個沒完的情況。這種時候，自己受到排擠的感覺會升到最高點。

「所以，你還沒決定要去哪裡見習啊……」

由比濱低聲說著，同時陷入思考。

「那麼，由比濱同學已經決定要去哪裡嗎？」

「嗯，我要去最近的地方。」

「妳的想法跟比企谷同學差不多……」

「喂，別把我跟她相提並論！我可是抱持著崇高的理念才選擇自己家！話說回來，妳又打算去哪裡？警察局？法院？還是監獄？」

「都不對……不過，我知道你到底對我抱持什麼樣的想法了。」

雪之下帶著冰冷的笑容，發出「呵呵呵」的笑聲。所以不是說了嗎？那樣笑真的很可怕！

其實，我只是根據雪之下知性的一面，提出幾個可能的答案，但結果似乎不太合她的意。奇怪，我又不是說她既冷酷又殘忍外加尖酸刻薄，為什麼她要發出那樣詭異的笑聲？

「我呢……應該會加入智庫（tank）或從事研究，所以會從這之中做選擇。」

她只提出大略的選擇方向，可能也還沒決定。但不管是哪一種，都很容易跟她冷靜認真的性格聯想在一起。

這時，有人在後面拉了拉我的外套下襬。誰啊？喔，原來是由比濱，我還以為是專門拉人袖子的小妖怪。

由比濱把臉湊過來，嘴唇快要貼到我耳邊。那股香氣出現在她身上，真是太浪費；她充滿光澤的頭髮還搔弄著我的脖子，弄得我快要起雞皮疙瘩。

我還是第一次這麼接近由比濱，體內血液全都拚命地直往心臟衝，真是煩！

「自、自閉男……」

甜美的吐氣，以及深怕別人聽見似的輕聲細語傳入耳中，逗得我發癢。現在我們兩人的距離，近得可以感覺到對方呼出來的氣息、聽到對方的心跳聲。難不成……這劇烈的心跳……

「『ㄓˋ ㄎㄨˋ』是什麼東西？坦克車公司嗎？」

她念智庫的方法，跟老奶奶一模一樣。

看來剛才我的心跳那麼劇烈，只是心律不整的緣故。

雪之下露出投降似的神情嘆一口氣，把由比濱從我身邊拉開。

「由比濱同學……」

「所謂的智庫是……」

由比濱認真聽著雪之下解釋，不時發出「嗯、嗯」的聲音。於是，她們漸漸進入上課模式。

我用眼角瞄一下那兩人，然後再度著手看少女漫畫這件重要的工作。

當雪之下終於介紹完智庫是什麼以及相關的知識後，時間已經過十五分鐘。

夕陽都快落到海平面的高度，現在從四樓的社辦可以清楚看到閃閃發亮的大海。再往下看，可以看見棒球社正在整理場地、足球社在搬運球門、田徑社在收拾跨欄和墊子。

社團活動差不多要告一段落了。我看向社辦裡的時鐘，雪之下也在同一時間闔上書本。順帶一提，只要雪之下有什麼動作，材木座都會被嚇到，真是膽小。

我不清楚這個習慣是從什麼時候開始的，不過每當雪之下闔上書本，代表社團活動將要結束。於是我跟由比濱迅速收拾東西，準備回家。

結果，除了我們希望不要再出現的材木座之外，今天依然沒有半個人來找我們諮詢。等一下先去吃碗拉麵再回家吧……

說到晚餐，「蓬萊軒」應該是不錯的選擇。那家店雖然是賣新潟拉麵，不過清淡爽口的透明高湯簡直是極品。那家店是材木座介紹給我的。

啊啊，糟糕，口水都快流出來了。

這時，門外傳來輕快又有節奏感的敲門聲。

「都已經這麼晚……」

想到自己最幸福的拉麵時光遭人打擾，我不悅地瞪一眼時鐘。

我用眼神問雪之下該怎麼辦。如果是在自己家，我絕對會假裝沒有人在。

「請進。」

可是雪之下絲毫不看我一眼，直接出聲應門。雖說找上門的人實在很不會看場合，但要論不會看場合這一點，雪之下也不遑多讓，說不定還技高一籌。

「打擾了。」

從聲音聽來，對方似乎一派悠閒。

到底是哪個傢伙，讓我吃不成拉麵……我用憤恨的眼神看向門口，結果出乎意料的，竟然是個根本不被允許出現在這裡的人。

× × ×

這傢伙是個帥哥。帥到如果不用「帥哥」來形容，我還真不知道該用什麼詞語描述他。

他的棕色頭髮大概有稍微燙過，時髦眼鏡後方的眼神相當率直。跟我對上視線時他自然露出一個笑容，令我反射性地回敬一個討好的笑容。

真是一個讓我本能地認輸的帥哥。

「這種時間還來找你們，真是抱歉。我有點事情想拜託你們。」

他把 UMBRO 牌的運動背包放到地上，問一聲「坐這裡可以嗎」，順理成章地拉出雪之下前面的椅子坐下，舉手投足之間都相當有型。

「不好意思～社團那裡實在忙到抽不出身，加上考試前又得暫停活動，所以他們非要在今天完成訓練內容。真抱歉。」

具有重要性的人八成就是這樣子。如果換成我，即使要回家也不會有人阻止；說得更正確一點，應該是根本不會有人發現。所以說我適合當忍者嘛！

不過，雖然他說社團活動很忙，我卻聞不到任何汗水味，他身上反而散發一種清涼的柑橘香氣。

「謝謝你的自我介紹。」

這位帥哥說了一大堆，雪之下卻直接潑他一盆冷水。不知道是不是我的錯覺，現在的雪之下好像特別帶刺。

「你是有什麼事情才會來這裡吧，葉山隼人同學？」

不過，葉山隼人並沒有因為雪之下的冷漠回應而失去笑容。

「對啊，這裡是侍奉社沒錯吧？我聽平塚老師說，如果有什麼煩惱可以找侍奉社幫忙，所以才來這裡。」

只要他開口說話，窗外不知為何就會吹進涼爽的微風。難道這傢伙是風之繼承者？

「這麼晚才過來真是抱歉，如果各位已有其他行程，我下次再來也沒關係。」

聽他這麼一說，由比濱立刻露出許久未見的應酬式笑容。看來她還沒把對待上層階級的特有習慣改掉。

「哎呀，隼人同學，你完全不用顧慮我們啦～你可是足球社的未來社長，練習到這麼晚也是沒辦法的事～」

可是，會這麼想的應該只有由比濱。現在的雪之下宛如一隻刺蝟，材木座則是表情扭曲，默默地不說一句話。

「不行啦，這樣對材木座同學也很不好意思。」

「唔、唔……不、不用在意我，因為……那個……我已經要離開了……」

然而，葉山才對他說這麼一句話，他原本的敵意瞬間煙消雲散，還變得好像是自己不對在先似的。

「咳咳咳咳！八、八幡，我先走啦！」

他拋下這句話，真的離開社辦。雖說是夾著尾巴逃跑，臉上卻彷彿帶著笑容……不過材木座，我非常能體會你的心情。

這真是一件弔詭的事。我們這種位於校園階級底層的人，一跟位於頂端的人相遇，自動會讓對方三分。平常在走廊上碰面，絕對會讓他們先走；跟他們說話時，十之八九會吃螺絲。但是，如果問我們嫉妒或厭惡那些人的情緒會不會越來越深，其實也不至於。要是某一天有幸讓他們記住自己的名字，反而會很高興。

光是高高在上的葉山知道我的名字、認識我這個人，已足以讓我找回尊嚴。

「比企鵝同學也是啊，拖到這麼晚真是抱歉。」

「……不會，沒有關係。」

為什麼你只記錯我的名字！我的尊嚴又要不見啦！

「別說那些了，你來這裡不是有事嗎？」

我絕不是因為葉山搞錯我的名字，才會催促他趕快進入正題……真的啦！再說，我多少想知道葉山會有什麼煩惱。穩穩坐在校園階級頂端的男人竟然也有煩惱，我真是打從心底感到不可思議。事先聲明，我發誓自己沒有一絲卑劣的念頭，打算抓住他的把柄或是利用那個煩惱當作威脅他的材料。

「喔，說到這個……」

葉山拿出手機，快速按了幾個鍵進入郵件信箱，再把手機螢幕秀給我看。

雪之下跟由比濱也湊過來要看個仔細，因此我們三人擠在巴掌大的螢幕前。旁邊飄來一陣芳香，真是教人不知該如何是好。

我讓出空間給她們後，由比濱立刻發出「啊……」一聲。

「怎麼回事？」

聽我這麼問，她也拿出自己的手機，把郵件的內容秀給我看。原來她收到跟葉山一模一樣的信。

那真的可以算是來路不明的信，而且不只有一封。由比濱每按一次按鈕，下方就冒出更多類似的內容，如同匯聚成實體的憎恨。

每一封信都是針對特定人物的誹謗和中傷，還來自不同的發信位置。看來對方是使用拋棄式郵件信箱。

『戶部是稻毛的不良少年集團成員，在遊樂場找過西高麻煩。』

『大和腳踏三條船，根本是人渣。』

『大岡為了重挫對方學校的王牌，在練習賽中表現得很粗暴。』

簡單說來，清一色是這樣的內容，而且真實性不明。在最大宗的拋棄式信箱外，還有一些貌似班上同學轉寄來的信。

「喂，這東西……」

由比濱默默點頭。

「我之前不是說過嗎？這就是在班上傳來傳去的信……」

「連鎖信對吧？」

始終保持沉默的雪之下終於開口。

顧名思義，連鎖信會在眾人間一遍又一遍傳遞，宛如通通用鎖鏈綁在一起。這種信通常會在結尾要求「請傳給另外五個人」，很類似從前流行過的「招來不幸的信件」，也就是恐嚇人「如果不在三天內傳給五個人，你將遭遇不幸」之類的。把那種玩意兒想像成手機郵件版，大概就八九不離十。

葉山又讀一次那封信，然後露出苦笑。

「這些東西傳開後，班上的氣氛變得很詭異。而且看到自己的朋友被寫成那樣，我也覺得很生氣。」

他此刻的表情跟稍早的由比濱很像，都是被來路不明的惡意信件搞得快受不了。

世上最恐怖的事，就是找不出真凶的惡意行徑。若是遭人當面破口大罵，便能揍他幾拳，或是反罵回去以一吐怨氣。再不然也可以把怨氣留在心中，讓那些壓力昇華成其他東西。負面的情緒蘊含巨大能量，所以總是能轉換成正面的效果。

可是，憎恨、嫉妒、報復的心態都必須有個發洩的對象，否則，它們只不過是一團混沌的情緒。

「我想阻止這些信繼續傳下去，畢竟看了實在不怎麼舒服。」

葉山說完後，馬上補充一句：

「啊，不過我不是想找出是誰做的，只是希望這件事能圓滿落幕。可以拜託你們嗎？」

出現啦！這就是他的必殺技「聖人領域」。

我先解釋一下，「聖人領域」是真正的現實充才擁有的特殊技能，最大的特徵是可以讓場面平靜下來。

真正的現實充不同於那些吊兒郎當、只會耍笨、滿腦子只知道玩樂的現實充（笑），他們是真正過著充實的現實生活。因此，他們不僅不會看不起任何人，對老是被看不起的人也很友善。至於區分這兩類現實充的標準，就在於「是否對比企谷八幡友善」。我真心認為葉山是個大好人，因為他會主動跟我說話嘛！雖然老是把我的名字叫錯。

總之，「聖人領域」是擁有群眾魅力的好人，身上自然散發出來的獨特氛圍。說好聽一點，就是懂得看場面的溫柔傢伙；換成比較普通的說法，就是吊兒郎當的人；用難聽的話來說，則是垃圾的窩囊廢。不過，我真的覺得葉山是個好人喔。

雪之下當著這位特殊能力者的面，稍微思考過後開口說：

「換句話說，只要解決這件事就行吧？」

「沒錯，就是這個意思。」

「那麼，得先找出是誰做的。」

「嗯，麻煩妳……咦？等一下，為什麼會變成這樣？」

葉山見到自己先前的想法完全被無視，臉上閃過一陣錯愕。不過，他下一秒便換上微笑，鎮定地詢問雪之下的打算。

於是雪之下帶著跟葉山恰恰相反的冰冷表情，先在腦中斟酌過話語之後，才緩緩開口說道：

「連鎖信踐踏人類尊嚴，是最差勁的行為。寫信的人既不留下名字，也不拋頭露面，單純為了傷害人而極盡所能地誹謗中傷。至於把惡意散播出去的人，雖不見得是出於惡意，但也同樣惡劣。他們或許是因為好奇心或一時的善意，卻使惡意繼續擴大……如果要阻止這種行為，一定得斬草除根才有效。以上資料來源出自於我自己。」

「原來是妳的親身經歷喔……」

拜託不要把自己的地雷區亮出來好嗎？儘管她的口氣很平和，我卻能看見她背後燃燒著黑色的火焰。轟轟轟……是不是應該幫她配上音效？

「真是的，到處散播侮辱別人的訊息很快樂嗎？我不認為那樣會對佐川跟下田同學有什麼好處。」

「原來妳有找出犯人啊……」

由比濱笑得有些僵硬。所以說絕對不能跟這麼精明的傢伙作對，實在太可怕。

「感覺妳念的國中走在流行的尖端呢，我當時都沒碰過這種事。」

「……我看只是因為沒人跟你交換手機信箱吧？」

「啥？喂，妳是白痴嗎？我那是在盡保密義務！沒聽過個人資料保護法嗎？」

「真是新穎的法律見解……」

雪之下面露無奈，撥開披到肩上的頭髮。

不過，我之所以沒被捲進這種信件的紛擾中，正是因為大家根本不問我的手機信箱。我跟雪之下的差別就在這裡，她受到眾人討厭，至於我呢？大家甚至懶得討厭。如果換成我遇到那種事，肯定無法揪出幕後犯人，只能回家深深嘆氣、哭到枕頭全部溼透吧。

「反正，做出這種齷齪事情的人，應該予以消滅才行。我的原則是以牙還牙、以眼還眼、血債血還。」

由比濱立即對那句很耳熟的話有所反應。

「啊，今天世界史我有念到這個！是大憲章對不對？」

「是漢摩拉比法典。」

雪之下很乾脆地糾正後，繼續對葉山說道：

「我會找出寄那些信的人，跟他講一下應該不會再犯，至於事後要怎麼處置就交給你決定。這樣沒有問題吧？」

「……嗯，好吧。」

於是，葉山放棄了原本的想法。

其實，我的想法跟雪之下一樣。會刻意不斷改變發信位置，代表對方不想被人發現，甚至害怕自己的身分曝光。既然如此，只要把那個人揪出來，對方自然會停手。所以最快的方法，便是直接找出那傢伙。

雪之下認真看著由比濱放在桌上的手機，手抵住下巴開始思考。

「這些信是從什麼時候開始出現的？」

「上個週末。對吧，結衣？」

葉山回答後，由比濱點頭同意。

我說葉山啊，你從剛才開始就一直用名字直接稱呼由比濱吧。該怎麼說呢？校園地位高的人，似乎都會自然而然用名字稱呼女生。要是換成我，絕對會叫得結結巴巴，外加咬到舌頭。看到葉山有辦法輕鬆辦到這麼難為情的事，我忍不住對他稍微產生一點敬意……但另一方面，又有點不爽。怎麼？難道你是美國人嗎？

「上週末突然開始的啊。由比濱同學、葉山同學，上週末你們班曾經發生什麼事情嗎？」

「印象中沒有什麼特別的事。」

「嗯……跟往常一樣吧。」

他們兩人對看一眼。

「我多少還是問一下好了。比企谷同學，你呢？」

「什麼叫做『多少』……」

我好歹跟他們同班耶。而且，我處的位置跟他們不同，觀察角度也不一樣，所以可能有什麼只有我注意到的地方。

上個週末啊……所以是最近才發生的囉。最近發生的事、最近發生的事……我回想好一會兒，但仍想不出什麼。

真要說的話，昨天的頭條就是我第一次用名字稱呼戶塚。

『提起勇氣　喚其彩加　實在可愛　故定昨日　彩加之日』。

這麼說來，我為什麼會跟戶塚說話呢……再仔細思考過後，我想起來了。

「對啦，昨天班上在討論職場見習的分組。」

沒錯，戶塚超可愛的結論是從那裡延伸出來的。

由比濱聽我這麼說，好像也想到什麼。

「哇……對喔！就是因為分組啦！」

「咦？妳那樣就知道了嗎？」

我跟葉山異口同聲問道。下一瞬間，葉山露出笑容對我說：「真有默契啊。」由於這實在是怎樣都無所謂的一句話，我只能用「喔，是啊……」來回應。不過，我會說出跟葉山相同的話，足以得證我也是現實充帥哥。Q.E.D.證明完畢……真的有這種好事嗎？

葉山看向由比濱，由比濱哈哈笑著回答：

「哎呀～每次有什麼活動要分組，都會影響到大家之後的關係啊。有些人總是比較幼稚……」

她說到這裡，表情蒙上一層陰鬱，讓葉山跟雪之下訝異地看著她。

這種事情根本不會發生在葉山身上，雪之下也沒有什麼興趣，所以他們自然無法理解。

不過，我可以理解。由比濱習慣看人臉色，經歷過千奇百怪的人際關係問題，所以她說的話可信度很高。

雪之下輕咳一聲，把話題拉回來。

「葉山同學，你說那些信都是在寫你的朋友，對吧？你的組員有誰？」

「嗯……這麼說來，我還沒有決定呢。不過，應該會從那三個人裡面挑。」

「犯人可能已經很明顯……」

由比濱的臉上又多出幾分落寞。

「可以請妳說明一下嗎？」

「嗯。總之，這次職場見習的分組，得讓一個人從這群朋友中離開對吧？四個人裡只有一個人要被排除在外，那個人不是很可憐嗎？」

她的語氣充滿真實感，我們都靜靜聆聽。

如果要找出犯人，可以從動機開始思考。要是發現有誰能透過那些行為得利，答案自然呼之欲出。

套用在今天遇到的情況，犯人的動機就是「避免被排除在外」。

葉山在班上有三個死黨，也就是說，如果一組只能有三個人，勢必有一個人要被踢出去。

犯人想必是不想成為那一個人，因而不得不把其他人踢出去。

「……那麼，現在至少可以確定，嫌犯在那三個人當中。」

雪之下做出這個結論後，葉山罕見地慌張起來。

「等、等一下！我不認為他們之中會有犯人存在。而且，那些信可是把他們三個都罵到了。所以，應該是哪裡弄錯吧？」

「啊？你是白痴嗎？現在又不是過新年，你怎麼那麼樂天？他那樣做，當然是為了避免自己被懷疑啊！如果是我，我就不會只說一個人的壞話，而是想辦法嫁禍到那個人身上。」

「真差勁，自閉男……」

請說是智慧型犯罪！智慧型犯罪！

葉山心有不甘地緊緊咬住嘴唇。他一定沒想到，事情竟然演變成這樣。愛恨情仇的糾葛就發生在自己身旁，表面上一團和氣的笑容背後，卻是黑暗情緒的漩渦。

「不管怎樣，可以請你告訴我們那些人的事嗎？」

雪之下向葉山要求，請他提供資訊。

於是，葉山下定決心似地抬起頭。他的眼中充滿信念，想必是懷著為朋友洗清嫌疑的崇高目的。

「戶部跟我一樣是足球社的。由於他染著一頭金髮，乍看之下有點像不良少年，不過他是最會帶動氣氛的人，校慶跟運動會時主動幫了不少忙，是個好人喔。」

「除了吵吵鬧鬧之外沒有其他本事，容易得意忘形。對吧？」

「…………」

雪之下的一句評論，頓時讓葉山無言以對。

見到葉山突然陷入沉默，雪之下似乎覺得有些奇怪地問道。

「怎麼？繼續啊。」

於是葉山稍微整理情緒，繼續描述第二個人。

「大和是橄欖球社的社員，個性冷靜，擅於傾聽別人說話，那副從容又沉穩的樣子很讓人安心。他話不算多，個性謹慎，是個好人喔。」

「反應遲鈍、優柔寡斷啊……」

「…………」

葉山再度陷入沉默，臉上的表情很不愉快，但又想不出能說什麼。他嘆一口氣表示放棄，接著描述第三個人。

「大岡是棒球社的人，為人很親切，也很樂於跟別人站在同一陣線。此外，他相當注重上下關係，非常有禮貌，是個好人喔。」

「老是看別人的臉色、見風轉舵。對吧？」

「……………………」

不知不覺間，陷入沉默的不只有葉山，我跟由比濱也呆呆地張大嘴巴，不知道該說什麼。

超強的！雪之下小姐！妳一定很適合當檢察官。

可是，這個女人可怕的地方，在於她對那些人下的評論絕對不算錯。隨著每個人的視點不同，自然會對相同的人產生不同印象。葉山總是從好的一面觀察，所以難免產生一些偏見；相較之下，雪之下排除一切感情因素，自然會做出比較辛辣的評論。不過這未免太辛辣了，難不成是辣度二十倍的LEE咖哩嗎？

雪之下研究著自己做的紀錄，同時低聲沉吟。

「不管犯人是誰，都不太奇怪呢……」

「我覺得最像犯人的就是妳。這是我的錯覺嗎？」

就某種意義而言，可以把一個人的個性曲解到那種地步，比寄出那些連鎖信的人還要過分。

雪之下聽我這麼說，立刻將手扠到腰上，露出非常不悅的表情說道：

「我不可能做出那種事吧？我會直接從正面擊潰對方。」

雖然她的做法跟犯人不同，但目的還不都是要「擊潰」他人。真不愧是雪之下，根本不會產生「跟對方好好相處」的念頭。

至於被她徹底打敗的葉山，此刻不知是該生氣還是該嘆一口氣，因而只能露出困惑的表情微笑。

其實，雪之下和葉山根本是半斤八兩。搞了半天，葉山提供的資訊，淨是些最表面的無用訊息。他雖然是個好人，但是觀點跟我們相差太多，對於找出犯人一事沒有幫助。雪之下似乎也這麼認為，轉而詢問我們的意見。

「葉山同學提供的訊息沒有多少參考價值呢。由比濱同學、比企谷同學，你們對那三個人有什麼看法？」

「咦？這、這樣問我，我也……」

「我又不清楚他們的事。」

真要說的話，校內根本沒有幾個人是我比較清楚的。誰教我沒有朋友，連認識的人都寥寥無幾。

「那麼，可以請妳調查一下嗎？後天才要決定分組，所以還有一天的時間。」

「……嗯，好。」

對於雪之下的要求，由比濱面露難色。畢竟她總是想跟班上同學打好關係，應該不喜歡這種差事。

探聽別人毛病的同時，自己的毛病也必須攤在陽光下。這在一個團體中，是一項具有高風險的舉動。

雪之下大概也瞭解這一點，因而垂下視線。

「……抱歉，這不是什麼令人舒服的行為，妳把剛才那件事忘了吧。」

這樣一來，不就沒有人要做嗎？看來，結果早已相當明顯。

「交給我吧。反正，不管班上同學怎麼看待我，我都不在意。」

雪之下往我看一眼，接著輕輕一笑。

「……好啊，不過我不會抱太大的期待。」

「包在我身上，這可是我十八般武藝的其中之一。」

如果問我其他還會什麼，大概是翻花繩之類的。喂，難道我是○雄嗎？

「等、等一下！我也要加入！這、這種事情怎麼可以通通交給自閉男！」

由比濱紅著臉說道，句尾還有些顫抖，不過，她馬上握緊拳頭。

「而、而且，既然是小雪乃的請求，我怎麼可以不聽呢！」

「……是嗎？」

雪之下聽由比濱這麼說，便把臉別到一旁。不知是夕陽映照的緣故，還是她覺得不好意思，只見臉頰泛起一陣紅暈。

不過，我不是也說要幫忙嗎？為什麼她對由比濱跟對我的反應相差那麼多？

葉山看著這兩個女生，露出爽朗又燦爛的笑容。

「感情真好啊。」

「嗯?是啊,她們的感情很好。」

「比企鵝同學也是喔。」

這傢伙在胡說什麼……而且,我們社團並沒有比企鵝這個人。

× × ×

第二天,由比濱進入戰鬥狀態。

這一天的午休時間,我沒有前往常去的那個地方,而是在教室享用事先買好的麵包跟 SPORTOP 運動飲料。這時,由比濱來找我進行沙盤推演。

「總之,我會盡量多問看看……所、所以自閉男完全不用勉強自己,應該說你根本不需要做什麼!」

「喔,這樣啊,那樣我的確輕鬆不少。不過妳還真有幹勁……」

我不禁往後縮一下。

「這、這還用說嗎?因、因為是小雪乃的請求啊!」

「這、這樣啊……」

竟然願意為雪之下做到這種地步,我又大大往後縮一下。只見她全身都散發出待會兒一定會做白工的氣息,我有一股難以言喻的不祥預感。

「有幹勁是很好，不過妳打算怎麼做？」

「嗯……從女生開始問看看。班上同學之間的關係，女生都比較清楚。而且，如果聊到大家都不喜歡的人，對方還會興奮地打開話匣子講不停。」

「女生之間的話題真可怕。」

所謂「敵人的敵人就是自己的盟友」，這是什麼高明的策略……

「沒有你想的那麼黑暗啦！那算是在吐苦水，或者該說是交換情報呢？」

「每個人的解釋方法不同啦。」

「不管怎麼樣，這方面你不是很不擅長嗎？所以就交給我，你用不著在意。」

她的話非常正確。老實說，我並不適合跟人攀談以打聽情報。搞不好我才一開口，別人已產生警戒。根本用不著我問問題，對方會先問我：「你是誰？」

從這一點思考，由比濱在班上的地位就很合適，而且她對待人的態度也很好。她大概從小時候便練就看人臉色的技能，這時候終於派上用場。

「有道理……不好意思，那就交給妳，好好加油吧。」

「嗯！」

她為自己打氣後，進入跟葉山團體很要好的三浦女子團體。

「久等啦～」

「啊，結衣，妳好慢喔～」

以三浦為首的女生們懶洋洋地應聲。

「對了，最近戶部、大岡跟大和好像怪怪的耶～妳們不覺得有什麼問題嗎？」

噗！由比濱的話傳進耳中，讓我差點噴出茶水。

真是超級直球！而且是時速一六〇公里的子彈球！如果這是「實況野球」，球速肯定是S級，可惜控球是F級。

「咦……結衣，我不記得妳是會說這種話的人……」

首先往後退一步的傢伙，印象中好像叫做海老名。

接著，三浦的眼睛發出光芒，準備對要害發動攻擊。

「喂，結衣～這樣不太好吧？聊『朋友』的是非不是什麼好事喔～」

她用這句冠冕堂皇的話，讓自己處於絕對的優勢。

結果，現在反而是由比濱陷入被排擠的危機。她到底在想什麼！

不過，由比濱還是拚命要掩飾。

「不、不是啦！該怎麼說呢？只是有點在意……」

「什麼，妳喜歡他們裡面的人嗎？」

「完全不對啦！是有人讓我有點在意沒錯……但他是那種個性……啊！」

由比濱瞬間露出大事不妙的表情。同一時間，三浦的臉上揚起笑容。

「喔？結衣，妳有喜歡的對象嗎？快說說看，我們一定會幫妳！」

「就、就說不是那個意思啦！我在意的應該是他們三個人的關係吧？我真的覺得他們最近有點怪怪的。」

「什麼啊～在講那個嗎？真沒意思～」

三浦的興致頓時消失殆盡，轉而拿出手機把玩。

不過，海老名倒是上鉤了。

「我懂……原來結衣也是這樣想的……事實上，我……」

「沒錯！妳不覺得他們最近的氣氛很尷尬嗎？」

「我是這麼想的……」

海老名露出嚴肅的表情，嘆一口氣說道：

「就我看來，他們之間肯定存在著三角關係！戶部絕對是受！然後大和是強勢攻，大岡是誘受！」

「啊～我瞭解我瞭……咦？」

「可是、可是，他們的目標絕對都是隼人！唔唔唔～這種大家為了朋友各退一步的感覺，真是太讓人感動！」

喂，真的假的？原來海老名有那方面的嗜好啊，連鼻血都流出來了。

由比濱發出不知所措的嗚嗚聲，三浦大概早已習以為常，所以只是嘆一口氣。

「海老名又發作啦。妳如果乖乖地不說話，明明很可愛。還是裝一下樣子吧，還有把鼻血擦掉。」

「啊、啊哈哈……」

由比濱震懾於海老名的氣勢，只能用笑聲蒙混過去。然後她察覺到我一直在看，於是偷偷舉起手，對我打個「抱歉，失敗了」的暗號。

……沒辦法，她從一開始就走錯好幾步。即使沒有海老名在場，八成也問不出什麼名堂。

既然如此，只好由我親自出馬。

話雖這麼說，但我不可能到處向班上同學打聽。

那麼，應該用什麼方法蒐集情報呢？

答案其實很簡單，只要用眼睛仔細觀察就好。既然沒辦法跟人交談……不，應該說正因為沒辦法跟人交談，所以要用其他方式蒐集情報。

據說人類的溝通行為中，從語言得到的資訊只占三成，另外七成的資訊，都是從眼球轉動之類的小動作中得知。「眼睛跟嘴巴一樣有分量」這句話，便是在說明語言之外的溝通行為有多重要。那麼，如果把這句話反過來，代表不跟別人對話的獨行俠，也能做到七成左右的溝通……嗯，好像不太對吧？肯定不對。

那麼，就來向各位介紹我十八般武藝中的另外一項——「觀察人類」。至於其他項目，還有「射擊」等等。難不成我真的是○雄嗎？

觀察人類的步驟非常簡單。

首先，把耳機塞進耳裡，不過不要打開音樂，而是仔細聆聽周遭的人在說什麼。

接著裝出發呆的樣子，仔細觀察葉山團體每個人的表情。

就是這樣。

葉山他們坐在靠窗的位子，葉山靠著牆壁，戶部、大和、大岡則聚集在周圍。

光是從那個陣形，便能一眼看出葉山居於團體中的領導地位。占據最強依靠的牆邊，確實是王者該有的架勢。他們或許沒有這方面的自覺，但正是因為沒有自覺，更代表那是出於本能的行為。

那三個人各自扮演不同的角色。

「對啦，最近我們練習防守的時候，教練一直把棒球打去橄欖球社那裡，還真亂來～那可是硬球耶～」

「……所以搞得我們顧問很不爽。」

「我覺得超好笑的～不過你們橄欖球社算好了，足球社才可憐。一顆外野高飛球就那樣飛過來耶！超慘的！我們都快要被搞瘋了！」

大岡拋出話題，大和提供回應，然後戶部把場子炒熱，這一切彷彿精心排練過的戲碼。莎士比亞曾經說過「世界是一個舞台」，在我看來，所有的男男女女不過是扮演好自己的角色而已。

至於這個舞台的導演兼觀眾——葉山，時而跟著他們笑，時而提供一點話題，時而跟著起鬨。

看著看著，我注意到不少小細節。

啊，他偷偷咂舌一下。

隔壁的傢伙一開口，他突然沉默下來。

他無聊地玩起手機，大概是無法融入大家的話題。

只要聽到有點下流的笑話，他便會露出詭異的笑容，一定還是處男……以上資料來源出自我自己。

當話題突然變得下流時，人就會變得不知所措，慢一拍才得意地炫耀「最近實在沒什麼性慾呢～」，這究竟是為什麼呢？

……我怎麼淨是得到一些根本不重要的情報啊。

看來這方面也沒什麼收穫，我不禁嘆一口氣。

「抱歉，我離開一下。」

這時，葉山起身往我走來。大概是我看得太過頭，被他發現了。他是不是要來挑釁「看什麼看？你哪間學校的」，好緊張喔～

「……幹嘛？」

我七上八下地對站在身旁的葉山開口，不過他既沒有生氣，也沒有揪住我的領口或是威脅我交出錢，只是爽朗地笑道：

「沒有啦，只是好奇你有沒有看出什麼。」

「沒有……」

要說我看出什麼，只有海老名是個腐女，大岡是個處男。

說到大岡，我轉頭看向那三人，注意到有點意外的變化。

他們都在懶洋洋地玩手機，而且不時偷瞄葉山。

這一瞬間，真相突然大白。我的腦中閃過一道光，宛如被手錶型麻醉槍射中脖子。

「怎麼回事？」

葉山疑惑地問我，我回以一個笑容。

「謎題……全都解開了！」

想聽我的推理，當然要先進一段廣告。廣告結束後，我們馬上回來。

× × ×

放學後，我、雪之下、由比濱以及葉山在社辦集合。

「調查結果如何？」

雪之下首先發問。

由比濱發出一陣「哈哈哈～」的乾笑聲，然後相當老實地低頭道歉。

「非常對不起！我問過女生，但完全沒問出什麼資訊！」

不過，那也是無可奈何的事。在那之後，海老名拚命灌輸她一堆關於攻受和配對等無關緊要的內容，讓她根本無法繼續調查。

由比濱稍微抬起頭，觀察雪之下的表情，發現她並沒有生氣的樣子。

「這樣啊，沒有關係。」

「咦？沒關係嗎？」

「反過來說，也就是女生們對這件事沒有什麼興趣，並沒有牽涉其中。這樣一來，代表是葉山同學你們那群男生的問題。辛苦妳了，由比濱同學。」

「小、小雪乃……」

由比濱感動得眼眶泛淚，正要撲向雪之下，但是被她躲開，因而發出「咚」一聲整個頭撞上牆壁。

雪之下看她露出一副快哭出來的樣子，只好無奈地摸摸她的額頭，然後看向我。

「那麼，你有什麼收穫嗎？」

「抱歉，我沒找到犯人遺留的線索。」

「……這樣啊。」

我還以為又要受到雪之下一陣數落，但她只是死心地嘆一口氣，對我投以高度同情的眼神。

「……根本沒人聽你說話，對吧？」

「才不是咧……」

我的確沒把握自己主動開口時，對方會有意願回答。畢竟開口搭話、拓展話題都非常耗費精神，如同瑪丹提（註16）得消耗掉所有魔力一般。

「雖然沒找出犯人，但我發現另外一件事。」

註16 遊戲「勇者鬥惡龍」中的攻擊魔法。

一聽到我這句話，在場三個人都湊過來想聽個仔細。有人面露訝異、有人滿臉期待，還有人顯得一副興致盎然的樣子。我沐浴在眾人的視線中，輕輕咳一聲，雪之下隨即發問：

「你發現什麼事情？」

「那個團體是葉山的團體。」

「啊？你怎麼現在還在說這種事？」

由比濱顯然把我當成超級大笨蛋，她的眼神擺明在問：「你是處男嗎？還是大岡？」等一下，這跟大岡有什麼關係！

「那個……比企鵝同學，這句話是什麼意思？」

「喔，我可能表達得不夠清楚。『葉山的』這部分是所有格，也就是你的、為你存在的意思。」

「不過，我不覺得如此……」

他只是因為自己沒發現才會如此認為。其實，待在這個團體內的其他三人，說不定也沒發現。

然而，我這個局外人便能明顯看出其中差別。

「葉山，你曾觀察過你不在時那三個人的樣子嗎？」

「沒有……」

「這還需要問嗎？既然他不在場，怎麼有辦法看到？」

雪之下笑著說道，好像把我當成白痴。我則是點頭同意說：

「所以他才不知道啊。我從旁邊觀察，發現葉山離開之後，那三人處得一點也不融洽。再講白一點，對他們而言，只有葉山才是『朋友』，其他人只不過是『朋友的朋友』。」

大家聽到這裡，只有由比濱有所反應。

「啊～沒錯～這種事我很瞭解！少了讓對話進行下去的中心人物，場面就會變得尷尬；想不出能說什麼時，大家只好開始玩手機……」

由比濱似乎是想起什麼，整顆頭猛然往下垂。雪之下稍微拉拉她的袖子，輕聲問道：

「真、真的是那樣嗎？」

由比濱盤起手，湊到她耳邊發出「嗯、嗯」的聲音。不愧是雪之下，因為沒有朋友，所以更沒有朋友的朋友。

葉山默默地不發一語，像是在咀嚼我剛才那番話，可惜他對現在這個情況也是莫可奈何。對他來說，那三個人都算是朋友，但是超出這層交友關係之後，只能靠那些當事人自己想辦法。

人與人交朋友時，必須接受由此連帶產生的大小紛爭。

因此，我從來不認為朋友很多會是一件很好的事。

此刻的葉山就陷在這團泥沼當中。「朋友圍繞在四周」這句話的反面意思，就是被一群人包圍，沒辦法如願逃出去。若用遊戲「勇者鬥惡龍」來形容，亦即「全滅」的徵兆。

不過，我知道逃出去的方法。

「假設比企谷同學所言為真，那三個人的犯案動機都更加明確。那麼，有沒有方法能更確切地找出犯人是誰呢？如果我們不消滅犯人，這件事就沒辦法解決。或者，乾脆把三個人都……」

雪之下扶著下巴思考。她竟然能自然而然說出「消滅」這個字眼，真是恐怖。

之前提過的佐川跟下田同學，該不會已經被她消滅吧？

話說回來，校園內如有人莫名其妙地失蹤，實在是一件很恐怖的事，所以我提

「不用吧。現在要消滅的不是犯人，而是另一樣東西。」

聽我這麼說，雪之下把頭歪向一邊，頭上冒出一個問號。

想要阻止犯罪，直接消滅犯人的確是一種方法。不過，還有另一種情況。假設今天發生的是寶石竊案，如果一開始就沒有寶石，竊案自然不會發生。

只要我們先一步偷走被盯上的寶石即可。既然我有一身忍者的本領，當怪盜好像比當偵探還合適。

「葉山，如果你有這個意願，事情是可以解決的喔。我們不但不用繼續找出犯人，那三個人也不會再勾心鬥角……而且，說不定還會變成好朋友。」

真想知道自己說出這句話時，臉上是什麼樣的表情，至少應該是帶著笑容吧，而且是讓由比濱倒退幾步、發出「哇啊～～」聲音的燦爛笑容。

我突然有一股衝動，想模仿材木座那種「呵、呵、呵」的笑聲。如果世界上真有會跟人類定下邪惡契約的惡魔，可能就是像我現在這樣子。

「你想知道嗎？」

面對這項惡魔的交易，可憐的羔羊——葉山隼人選擇點頭接受。

× × ×

葉山為自己命運做出決定的第二天。

出現在教室黑板上的，是職場見習的分組名單，大家的名字三個三個分成一組。隔壁的三個女生看來已經事先討論好，輪到她們時，三個人興奮地相視而笑，走上講台寫下各自的名字。

至於我呢？我沒有去找任何人，只是在座位上發呆看著這一切。

我向來是用這種方式面對每一次的分組活動。

這時候最重要的是按兵不動。戰國名將武田信玄曾說過「不動如山」，這話真是一點也沒錯，我更把它衍生為「早歸如風，靜眠如林，嫉妒如火，不動如山」。

隨著事態逐步發展，我等著導師最後出來宣布：「好，老師知道大家都不喜歡比企谷同學，但是排擠他是不對的喔！不可以排擠同學！」小學四年級的導師，伊勢原那個老太婆……我絕對不會原諒她。

總之，正如「有福不用忙」這句話，只要我繼續裝睡，便會有跟我一樣的獨行俠，或是找不到第三人的組別在百般無奈下，來問我要不要加入。到時候一切就搞定啦……唉，還是睡覺吧。

我使出十八般武藝中的裝睡之術。順便說一下，其他武藝還包括「到了大長篇會變成好人」。喂，這不是○虎嗎？

這時，有人輕輕搖動我的肩膀。即使那隻纖細的手臂包覆在衣服下，依然不減柔嫩；「八幡」這陣呼喚聲則好似來自天堂的旋律，我彷彿置身在飄蕩的雲端。然後，我睜開眼睛。

「早安，八幡。」

「……天使嗎？喔，原來是戶塚。」

呼，嚇我一跳。戶塚實在太可愛，害我以為是小天使。他輕輕笑著，坐到先前那群女生坐的位子上。

「什麼事？」

聽我這麼問，戶塚低頭抓住運動服的下襬，只有抬眼看向我，吞吞吐吐地說：

「關、關於分、分組的事……」

「嗯？喔，那個啊，應該分得差不多了吧。」

印象中戶塚已經找好組別，真可惜。

我伸伸懶腰，順便環視四周。大部分的組別都已分好後，即將換我們這些獨行俠上場。到時我得做好心理準備，跟其他獨行俠形成臨時的組別。不過，跟獨行俠同一組算是好的，要是出手太慢，可得加入已經有兩人而且那兩人還非常要好的組別中。

我掃視黑板上的名單，看看還有哪些人沒有組別。同一時間，正在黑板上寫下小組名單的三個人，看來相當眼熟。

「得意忘形的金髮戶部」。

「優柔寡斷的遲鈍大和」。

「見風轉舵的處男大岡」。

新・三匹斬（註17）！我真是有幸能見證這個團體結成的一刻！其中我特別推薦「見風轉舵的處男大岡」這個角色。那三人寫下名字後，互相看了看彼此，然後露出害羞的笑容。這一次，黑板上沒有葉山隼人的名字。

我看著他們時，旁邊忽然有人開口。

「坐這裡可以嗎？」

對方不等我回答，逕自坐到戶塚旁邊。

「咦？請、請問……」

註17　一齣日本時代劇，拍過很多次續篇。

突然有個意外訪客現身，讓戶塚顯得不知所措，那模樣真是超級可愛。

「多虧有你幫忙，讓事情圓滿解決，謝謝。」

葉山隼人開朗地笑著。

「我並沒有做什麼啊。」

他為什麼會一派輕鬆地找我說話呢？難道他真的是好人嗎？

「別客氣。要不是你告訴我那些事，他們可能到現在都還在起內鬨。」

雖然他這麼說，不過我根本沒幫上什麼忙，只是想把他拐上獨行俠之路罷了。

畢竟，他們之所以會起內鬨，就是因為想跟葉山同一組。既然如此，只要把導致事件的根源排除，也就是讓葉山隼人離開即可。

獨行俠有如永久中立國，不會因為不存在的事端起波瀾，也不會被捲入什麼糾紛。如果這個世界是由一百個獨行俠所組成，絕對不會有戰爭或差別待遇。嗯，是不是該頒發諾貝爾和平獎給我啊？

「在這之前，我一直覺得大家好好相處就好，沒想到自己會成為事件的爭端……」

葉山如此低喃，神情顯得有點落寞。

我想不出什麼為他打氣的話，只能發出一陣無奈的笑聲。葉山為了幫自己的朋友、自己的團體解決問題，來到侍奉社尋求我們協助。但我提供給他的選擇，只是讓他感到痛苦。

他願意主動跟我說話、認得材木座，明明是一個好人。他的校園生活應該比誰都還要精采才對。

然而……不，應該說正因為如此，他才會說出下面這句話……

「我告訴那三人，我不會跟他們同一組時，他們都嚇一跳。不過，我希望能透過這個機會，讓他們成為真正的朋友。」

「……是啊。」

老實說，葉山善良到這種地步，反而讓我懷疑他是不是罹患什麼病。我稍微拉開自己跟他之間的距離，敷衍地點點頭。

「謝謝你。還有，我還沒找好組員，你要不要加入？」

他露出笑容，對我伸出右手。

……什麼？握手？為什麼這些現實充總是這麼會跟人打交道？受不了……拜託你別鬧了！難道你是美國人嗎？

「喔，ＯＫ。」

因為對方的緣故，害我跟著用英文回答。

我拍一下葉山的手，他笑著說「好痛」。或許因為現在我們都是獨行俠，所以能夠理解彼此吧。

那麼，只要再找一個人，分組的問題便能解決。

「唔……」

這時，身旁一位可愛的小傢伙發出抗議。

「戶塚，怎麼啦？」

戶塚的眼眶泛起淚水，臉頰不高興地鼓起，真是超可愛的。

「八幡……那我呢？」

「啊？這個……咦？可是，你不是說你已經決定好了嗎？」

「所以說！」

他激動地揪住我的外套袖口。

「從一開始……我就決定要跟八幡一組啊。」

「你說的決定好，是那個意思喔……」

這是在玩什麼文字遊戲……話說獨行俠都很擅長讀出話中之話，所以對方如果不把主語、述語講清楚，我們很容易聽不懂。

戶塚看著地面，臉頰漲得紅冬冬，像是在鬧脾氣。看到他這副模樣，令我的表情不由得緩和下來。我一露出笑容，他也把眼睛抬起來，跟著輕輕笑出聲。

葉山同樣露出笑容看著我跟戶塚，接著他站起身，回頭問我們：

「那麼我去寫名字囉。你想選擇去哪裡見習？」

「由你決定。」

我這麼回答，戶塚點頭同意。

於是，他把我們三人的名字寫到黑板上。

「葉山」、「戶塚」、「比企谷」。

喔喔!如果是用漢字,他就不會寫錯我的名字。光是這樣想,我不禁有些高興。說不定這便是所謂的朋友吧?

寫好名字後,他繼續寫下想參觀的職場。

「啊,我也要選跟隼人一樣的地方。」

「騙人~葉山同學要去那裡嗎?我們也要換!」

「那我也去那裡吧~」

「隼人超強的!真是帥呆了!」

班上同學全都聚集到葉山周圍,不用多少功夫,大家都決定改選他要去的地方,紛紛把名字換過去。

隨著其他人的名字逐漸增加,我的名字在不知不覺中被擦掉,我的存在感也跟著再度減弱。

搞什麼?難道我是忍者不成?乾脆去伊賀還是甲賀見習好了。

那麼,請容在下就此消失。

不用說,不管何時何地,在下不論存在還是消失,都沒什麼差別。

zaimokuza's mobile

FROM 材 木 座 16:40
TITLE nontitle

八幡，是我，材木座。怎麼樣？你有在用功念書嗎？對了，你要不要用寫下神的啟示的心情，在這裡寫下數學科的考試範圍？

FROM 材 木 座 16:59
TITLE nontitle

八幡……沙沙……啪沙沙沙沙……唔，看來這裡米諾夫斯基粒子的濃度很高。八幡，快回沙沙……快點回答沙沙沙沙……

FROM 材 木 座
TITLE nontitle 17:36

快點回應我的呼喚，八幡！嗯……這樣也不行嗎……
既然如此，只好詠唱那段咒文。
比黃昏還要昏暗的東西，比血液還要鮮紅的（略）。

FROM 材 木 座 18:24
TITLE nontitle

抱歉，有點玩過頭了，快告訴我數學的考試範圍。

FROM 材 木 座 19:51
TITLE Re2

嗯。你的這份恩情，我永永遠遠不會忘記。預祝你武運昌隆。下次我們見面時，就是在戰場上吧……
～＜ ｀･ω･´＞再見啦！

hachiman's mobile

FROM 八幡 19:50
TITLE Re

抱歉，剛剛睡著了。
數學是考第四頁到五十一頁，還有習題至第三章結束。
另外，為什麼你知道我的手機信箱？

FROM 八幡 19:51
TITLE Re3

……喂。

4 因為種種原因，川崎沙希變得很乖僻

定期考試已經迫在眉睫。

說到大家念書的場所，通常是家庭餐廳、圖書館等地方，不過高中生晚上十一點後還在外遊蕩，有可能被警察帶去輔導，而且家庭餐廳也會在晚上十點要求我們離開。

因此每到深夜，幾乎只能待在家裡用功。補充一點，這裡說的「深夜用功」，跟「床上的摔角」之間沒有任何關聯。

時針即將指向十二點，我大大伸展一下筋骨，看來還可以再念一、兩個小時。

「……喝杯咖啡吧。」

我走下樓梯要去客廳，發出「咚咚咚」的腳步聲。如果想趕走睡魔，果然還是得靠咖啡；而且，當我們做的事需要大量使用腦部時（例如念書），也一定要好好補充糖分。換句話說，甜死人不償命的ＭＡＸ咖啡該上場啦！

我突然想到，MAX咖啡既有咖啡因又添加一堆牛奶，還甜得要命，那麼，如果把它擬人化，一定會讓大家血脈賁張。別的先不提，至少她絕對有巨乳，還會說「不讓你睡☆」這種話。有沒有人願意畫一張MAX小姐放上Pixiv網站上啊……

我一邊想著有關MAX咖啡這些有的沒的事，一邊走進客廳，看到小町睡在沙發上。

……這傢伙不是也快考試了嗎？她的膽子還是一樣大。

我翻找著MAX咖啡，然後想起最近才剛喝光一盒，只好燒開水泡咖啡。

我在電熱水壺裡加滿水，把底部的開關往上扳，等待水燒開的這段空閒，便坐到妹妹睡的沙發另一端。

小町大膽地露出肚子睡在沙發上。

隨著她的呼吸，雪白的肌膚產生規律起伏，可愛的肚臍也會跟著動一下；身上那件大得要命的T恤，八成是擅自拿我的衣服去穿。她一轉動身體，衣服下的胸罩便若隱若現。還有，因為她是蜷著身體睡覺，我一開始才沒發現，為什麼她身上只有穿內褲？會感冒喔！

不管怎樣，我先隨手拿一條毛巾蓋在她身上。小町這時有所反應，發出不知所以然的嘟噥聲。

正當我看著小町的睡相時，水壺裡的水咕嘟咕嘟地開始沸騰，最後發出「喀」的一聲宣布水已經燒開。

我在馬克杯裡放入即溶咖啡粉、倒進熱水，咖啡的香味馬上飄散出來。偏濃的咖啡加進大量牛奶和砂糖，再用小湯匙攪拌四下，我最喜歡的甜咖啡就完成了。香濃的牛奶與馥郁的咖啡互相調和，真是不錯。

這時，小町似乎是聞到咖啡香，忽然整個人跳起來。

她先是一動也不動地盯著我兩秒，再猛然拉開窗簾，接著一動也不動地觀察三秒，然後又睜大眼睛，最後一動也不動地瞪著時鐘五秒，總共花十秒鐘才搞清楚現在的狀況。

她深深吸一口氣，用讓人想罵「妳是在大聲什麼啦」的音量叫道：

「完蛋了～睡過頭啦！本來只打算睡一個小時……結果竟然睡五小時！」

「喔～我瞭解我瞭解。不過妳也睡太久了，放學回來就開始睡嗎？」

「真沒禮貌！小町可是先乖乖洗澡才開始睡覺！」

「糟糕，我完全不知道妳生氣的點在哪裡。」

「不說那個，為什麼哥哥沒有叫人家起來！」

小町沒來由地對我發牢騷。這時，我突然想到「睡太多」跟「母☆豬」（註18）其實很類似。

「雖然這不重要，不過妳還是先穿好褲子吧。還有，不要隨便穿我的衣服。」

「嗯？這件啊？披在身上剛剛好，不覺得有點像連身裙嗎？」

註18 日文中「睡太多」和「母豬」的發音近似。

她邊說邊拉開T恤的領口。喂，別拉別拉，都看到胸罩啦！還有不要轉圈，會看到內褲！

「……反正我也不穿那件T恤，給妳吧。」

「喔喔，謝啦！那麼~小町找一件內褲送給哥哥。」

「啊，那真是謝謝妳。」

如果她真的送我一件內褲，就拿來當抹布吧——我在心中如此發誓，同時啜飲著咖啡。小町一面整理T恤下襬……更正，那是連身睡衣，一面走向廚房，用微波爐加熱牛奶。

「對了，哥哥，這種時間你還在做什麼？」

「念書啊。現在剛好下來休息。」

她聽到我的回答，嚇得發出「咦~」一聲。

「休息……所以等一下要繼續囉？哥哥，你一開始念書就變得businesslike呢。」

「喂，『businesslike』不是喜歡工作的意思（註19），妳的英文未免太差了。」

「討厭啦，哥哥~人家的英文可是很好，根本是天才喔！I am 天才！」

憑這種英文能力，實在很難相信是個天才。妳連「天才」的英文都不知道嗎？

叮！微波爐裡的牛奶熱好了，小町雙手捧著馬克杯走回來，一路上不斷發出「呼~呼~」的聲音吹涼牛奶。

註19 businesslike是公事公辦的意思，這裡小町直接從字面解讀成「喜愛工作」。

「小町也該去念書呢……」

「快去念、快去念。那我回去啦，妳好好加油。」

我一口把咖啡喝完，正要站起身時，突然被小町從後面拉住T恤，害我發出牛蛙般的「咕啊」叫聲。我轉過頭，看到她露出滿臉笑容。

「剛才說『小町也』該去念書，通常這代表『一起念』的意思吧？哥哥的日文好像有點問題耶。」

「有問題的人是妳吧……」

無妨，反正我已經念到一個段落，可以奉陪這個笨蛋老妹念書。

於是，今夜將有妹妹相伴。

×　×　×

我從房間裡把自己的全套裝備帶到客廳，在桌上一字排開。今天的進度是重點式複習日本史，所以使用的是山川出版社發行的題庫與詳解，以及自己的筆記。

另一方面，小町似乎是聽我說她的英文很差，因而很不是滋味，所以拿來那本《瞄準國中英文單字1800》。

我們兄妹就這樣默默埋首於書中。我做完題目後對照標準答案，把答錯的問題跟詳解一字不漏地抄進筆記本。我不停重複這個過程，直到考試範圍全部做過一遍，才注意到小町正出神地看著我。

「……怎麼啦？」

「嗯～沒事～只是覺得哥哥好認真喔。」

「幹嘛擺出一副高高在上的樣子？想吵架嗎？小心我拔掉妳的笨蛋毛！」

小町聽到我的威嚇，反而笑出來。

「就算哥哥這樣說，也絕對不會打小町吧。」

「啊？要是我真的打妳，到時候會換成我被老爸打。只是因為這樣，別搞錯！」

「呵呵～害羞了害羞了♪」

「吵……吵死了……」

不過，既然讓我冒出「好煩☆」的念頭，彈一下她的額頭好了，力道如同跟人玩橡皮擦相撲時，懷著自爆的覺悟把對方彈出場。總之是來真的，毫不手軟。

「好痛！」

我的手指在小町的額頭上彈出清脆聲響。她揉著被我攻擊的地方發出呻吟，淚眼汪汪地瞪向我。

「唔……人家誇獎哥哥很認真，還要被彈額頭……」

「誰教妳要說那種蠢話，快點念書。」

「就是因為這樣才說哥哥認真啊。不過～世界上還真是有各式各樣的哥哥姐姐呢～小町去的補習班裡有個朋友，說他的姐姐變成不良少女，晚上從來不回家。」

「喔？」

看來小町已經無心念書，開始想找人閒聊。不知道什麼時候，她已把那本《瞄準國中英文單字1800》闔起來。我隨便應付一聲，繼續念自己的日本史。西元六四五年，大化革新沒事就好（註20）。

「不過不過，聽說他姐姐也念總武高中，本來是個超級認真的人。為什麼會變成那樣子呢～」

「是啊，為什麼呢～」

左耳進右耳出、左耳進右耳出……西元六九四年，黃鶯歌唱藤原京。咦，搞什麼？不是平安京才對嗎（註21）？

話說回來，真的好睏。人類擁有堅強的意志，才不會輸給藥物。換句話說，不管我攝取多少咖啡因，都敵不過想睡的意志。

「雖說那是他們家的事，別人也不方便多說什麼。不過因為他最近跟小町很要好，所以找小町討論～啊，那個人叫川崎大志，是從四月開始補習的。」

「小町。」

聽到這裡，我頓時睡意全消，放下手中的自動鉛筆問她：

註20　日文的「沒事」跟「六四五」發音相似，這是為了讓學生背歷史年代的諧音口訣。

註21　「西元六九四年遷都藤原京」和「西元七九四年遷都平安京」各有一句諧音口訣，這裡是將兩句混在一起。

「妳跟那個叫大志的到底是什麼關係？又是如何要好？」

「哥哥，你的眼神好恐怖……」

小町的身體往後退一點，看來我的眼神有點嚴肅。沒辦法，誰教她是我的笨蛋老妹，要是不多注意一點，天曉得會發生什麼事。身為她的家人，擔心她是理所當然的事。萬一她被奇怪的男人拐走，豈非大事不妙？哥哥可不容許這種事發生！

「總之，妳有什麼困擾就說出來吧。之前不是說過，我參加了『侍奉社』這個莫名其妙的社團，所以說不定能幫上什麼忙。」

我說完後，小町噗哧一笑。

「哥哥真的很認真耶！」

× × ×

天亮了。外面傳來麻雀的吱喳聲，與妹妹共度的夜晚結束。

我猛然張開眼睛，看到一片陌生的天花板——其實是我家客廳的天花板。看來昨晚我念書念到一半便睡著。我只記得自己問過小町的交友關係，之後的記憶都變成一片空白。

「天亮囉，小町。」

我出聲叫喚後，才注意到妹妹不在，於是環顧四周，用兩秒鐘尋找妹妹的蹤影，接著看向窗外，用三秒鐘確認太陽已經爬得很高，最後流著冷汗，懷著不好的預感看向時鐘——九點半。不論我怎麼看，時針都一樣指在九點半的位置。這段確認的時間又花費我五秒鐘。

我總共用十秒鐘面對這極具衝擊性的事實。

「大遲到……」

我喪氣地垂下頭，這才發現桌上擺著火腿蛋吐司，以及一張字條。

『哥哥，小町不想遲到，所以先去上學囉。開夜車也該有個限度！

S.P. 要好好吃早餐喔！』

底下還畫一個女生，露出凶惡的眼神瞪著我。這應該是小町的自畫像。

「笨蛋……妳以為自己是保全嗎……」

附註是P.S.才對，寫做「P.S.」念做「Play Station」。

反正現在再匆忙也沒用，我索性悠哉地享用早餐，然後準備上學。父母親好像也早已出門工作。我們家是雙薪家庭，每天一大早就有人起床活動。家中早餐是由母親做的，晚餐則幾乎都由小町負責。

不過，早上沒有任何人叫我起來，該不會是我不得他們喜愛吧……雖然有些這麼擔心，我還是要相信他們是出於溫柔才決定讓我繼續睡。

我把空盤子放進流理台，換上制服、確定門關好後，便出發去學校。

腳踏車從容地滑過沿著河岸修築的道路，只見天空中的積雨雲迫不及待地要伸長身子。

通往學校的路上，今天格外平靜。

在正常情況下，這條腳踏車道一定會化為總武高中跟其他學校的街頭賽車場。賽車手大喊「上吧！衝鋒號」超過其他人時，那種感覺真是過癮極了。這時候，如果有人不甘示弱地叫著「別輸啊！音速號」，更是讓人熱血沸騰（註22）。

然而，今天出現在路上的，都是想甩掉肥肉的大嬸、帶狗出來散步的大叔，以及一些釣客。偶爾換換不同的風景也不賴。

其實，一想到自己正在藍天下騎腳踏車，我的心情就變得相當暢快。這個道理如同蹺課看「笑笑也無妨」（註23），會覺得有趣度比平常增加百分之五十。

不過，當我快到學校時，為什麼突然鬱悶了起來呢……

話雖如此，我仍然正大光明地進入校門，而不是偷偷摸摸的。沒錯，因為這個時間全校老師都在上課，根本不會有人發現我遲到而大發雷霆，那種擔心是多餘的。這是我去年經歷七十二次遲到學到的事。今天是我這一年第八次遲到，如果按照這個步調繼續下去，說不定有希望打破紀錄。我希望能在高中三年內，達成二○○勝的目標。

註22　出自漫畫《爆走兄弟》星馬豪、星馬烈兩兄弟的四驅車車名。
註23　這是日本富士電視台自一九八二年開播的節目，播出時間是平日中午十二點至下午一點。

直到進入校門為止都很順利，但下一個關卡——教室，才是真正的問題所在。

我在停放處停好腳踏車後，慢慢走向樓梯。一走進校舍立刻覺得壓力倍增，這裡是貝吉塔星（註24）嗎？

我爬樓梯上到二樓，走在無人的走廊上，最後抵達自己的教室前，然後先在門口做個深呼吸才把手放到門把上。緊張的一刻要來了。

——喀嚓。

幾十雙眼睛默默地一起看向這裡，教室內陷入一片寂靜，同學們交頭接耳的聲音、台上老師的說話聲都消失無蹤。

我並不是討厭遲到，而是討厭這種氣氛。

例如說，假設今天遲到的是葉山，大家會有什麼反應？

「喂，隼人～你怎麼遲到啦？」

「葉山同學，你太慢了！」

「哈哈哈，葉山真是讓人無可奈何呢。」

不用想也知道，一定是這樣子。

但換成是我，大家只會悶不吭聲，甚至還有一瞬間露出「你是誰啊」的眼神。

我拖著沉重的步伐，走進沒有半點聲響的教室，坐到座位上的那一瞬間，全身立刻湧出強烈的疲憊感。

註24 出自漫畫《七龍珠》，貝吉塔星的重力是地球的十倍。

唉……我忍不住嘆一口氣，而且還有人補上一刀。

「比企谷，下課後來找我。」

平塚老師敲著講桌說道。

「是……」

……真是糟糕透頂。

我低頭應聲後，老師稍微頷首，翻起白色衣袍，回頭繼續寫板書。

話說回來，現在距離下課只剩下十五分鐘耶。

下課前的這段時光無情地迅速流逝，我把老師的講課內容拋到一邊，開始構思「遲到藉口百選」，但才構思到一半，下課鐘聲就響了。

「那麼，今天上到這裡。比企谷記得來找我。」

平塚老師對我招手，我勉強克制住逃跑的衝動，走向教室前的講台。

我來到講台前，先是被老師瞪一眼。

「那麼，在我揍下去之前，還是先聽聽你遲到的理由吧。」

已經決定要揍人囉！

「不是，老師誤會了，請您先聽我解釋。大老闆們不是都很晚才進辦公室嗎？所以像我這種未來的菁英分子，從現在就應該開始練習。」

「你不是要當家庭主夫嗎？」

「唔！那、那是……把遲到視為一種罪惡根本是大錯特錯！不是嗎？警察都是等發生事情才出動，英雄也一定要等到最後才登場，他們通通都遲到啦！可是，有人責怪他們嗎？沒有吧！所以我們可以反推出遲到即為正義！」

老師聽完我靈魂深處的吶喊後，眼神不知為何飄向遠方。

「……比企谷，我告訴你一件事：缺乏力量的正義，跟邪惡沒什麼兩樣。」

「缺、缺乏正義的力量更是邪……等等！不要揍我！」

惡・即・斬！平塚老師的拳頭正中我的五臟六腑，導致傷害遍及全身，我當場倒地咳個不停。

平塚老師看著倒在地上痛苦不已的我，無奈地嘆一口氣。

「受不了……這個班級的問題學生怎麼這麼多……」

不過，她的語氣並非厭惡，反而有種很高興的感覺。

「接著又來一個。」

老師把我丟在原處，踩著高跟鞋走向教室後門。我把身體轉往那個方向，看到一名扛著背包的女生現在才來上課。

「川崎沙希，妳也是大老闆嗎？」

老師笑著問道，但那名叫做川崎的女生只是停頓一下，默默向她鞠一個躬，然後經過我旁邊，走向自己的座位。

那名少女的頭髮黑中帶青，長度幾乎等同於身高；衣服下襬多出來的部分打一個鬆鬆的結；那雙修長的腿看似敏捷，眼睛則彷彿隨意看向遠方、沒有什麼活力。

然後，裙子底下穿著一件黑色的刺繡蕾絲內褲，其精緻宛如出自工匠之手。

總覺得好像在哪裡見過那名少女……話說回來，我們都是同一個班級的學生，覺得眼熟不是當然的嗎？

要是我繼續躺在地上，而被懷疑在偷窺女生的裙下風光，那可就麻煩，於是我馬上爬起身。

這時，我倏地想起一件事。

「……黑色蕾絲？」

下一刻，徘徊在腦中的疑惑得到解答。

一段不久之前見到的影像，快速閃過腦海。她就是那天在屋頂上碰過面，沒頭沒腦地罵我「笨蛋」的少女。原來我們念同一班啊？

我正打算跟川崎沙希本人再確認一次，這時，本來要走向自己座位的川崎停下腳步，輕輕轉過頭看向我。

「……你是笨蛋嗎？」

她只說了這句話，沒有踢我、沒有揍我，臉頰也沒有因為羞恥或怒氣而變紅，完全是一副興致缺缺的無趣表情。

如果用冰冷形容雪之下雪乃，川崎沙希則是冷冰冰。乾冰跟冰塊畢竟不太一樣，觸碰雪之下可是會凍傷的。

川崎露出一臉受不了的表情把頭髮往上撥，這次真的走向自己的座位。她拉開

椅子坐下後，立刻看向窗外發呆。

她之所以選擇看外面，應該是因為不想看到這個班級。

沒有任何人找她說話，她全身也散發出「別跟我說話」的氣息。不過，光從這一點就看得出她還很嫩。如果練就像我這樣的境界，即使散發出「拜託快來找我說話」的氣息，也不會有人搭理。

「川崎沙希啊……」

「比企谷，不要看見女生的裙下風光後，還一臉感慨地說出她的名字。」

平塚老師把手放到我的肩上說道，那隻手感覺特別冰冷。

「關於這件事，我要跟你談一下。放學後到教職員辦公室找我。」

× × ×

接受平塚老師將近一小時的訓話和處罰後，我終於得以回家。在回去的路上，我先繞到MARINPIA（註25）裡的書店。

我掃視書架，挑選之後買下一本書。由於跟千圓鈔票說再見，錢包裡只剩下叮噹作響的銅板。

買完書後，我打算去咖啡廳用功。不過大家的想法似乎跟我一樣，咖啡廳裡已

註25 位於千葉市的購物中心。

經滿滿都是學生。

果然還是得乖乖回家啊……正當我產生這個念頭時，突然發現咖啡廳裡有個熟悉的面孔。

只見戶塚彩加身穿運動衫，正在跟櫃子裡的蛋糕大眼瞪小眼。在這裡順便說明一下，我們學校的學生可以選擇穿制服或運動衫上學。

那幅畫面比鮮奶油更甜美，瞬間奪走我的心，我宛如被砂糖吸引的螞蟻。兒歌說「這裡的水～比較甜～」，就是在唱這個吧？等等，那好像是螢火蟲才對。

「那麼，接下來換小雪乃出題～」

接著，我又看到兩個熟面孔——由比濱跟雪之下。

她們連在櫃檯前排隊的時間都不想浪費，認真準備著即將到來的考試。

「好，那麼從國文出題，請接出我念的慣用句後半部。『大風吹……』」

「……京葉線就會停駛？」（註26）

更正，那不過是千葉通機智問答，而且由比濱答錯了。正確說來，應該是「最近不太會停駛，不過慢行的情況增加」。

聽到由比濱錯成這樣，雪之下的頭上冒出一片烏雲。

「不對……下一題，地理。請說出千葉縣的兩項名產。」

滴答滴答……時間一秒一秒流逝，由比濱神情嚴肅地吞一口口水。

註26 京葉線經常因為風勢過大而停駛。原題標準答案為「賣桶子的會發財」。

「味噌花生，還有……煮花生？」

「喂，千葉縣只賣花生嗎？」

「哇！是、是自閉男啊，我還以為自己被怪叔叔搭訕……」

糟糕，我本來打算改天再來，結果為了吐槽由比濱的答案，一不小心排進這條人龍……可惡！真是恨透了我對千葉的愛！

戶塚聽到由比濱激動的反應，回頭看向我們這裡，然後露出燦爛的笑容。

「八幡，你也被邀請來參加讀書會嗎？」

他笑咪咪地站到我身旁，不過我當然沒收到任何邀請，由比濱則露出「不妙～竟然來了不速之客～」的尷尬表情。喂，別出現那種反應，害我想起小學同學慶生會的不堪回憶。當時我連禮物都已準備好，到場卻發現雞腿沒有自己的份，差點哭出來呢。

「我並沒有邀請比企谷同學參加讀書會。你來這裡有什麼事？」

「雪之下，妳不要純粹為了傷透我的心又強調一次好嗎？」

真是的，如果我的心太脆弱，現在妳就要倒大楣了。說得具體一點，我會發出哀號，然後舉起椅子砸下去。所以，妳應該好好感謝我異於常人的堅強心志。

「沒有啦，我們本來也想找你，但你先被老師叫去辦公室……」

「無妨，反正我一點都不在意……」

這種事情我早已經習慣了。

「比企谷同學是來這裡念書的嗎？」

「嗯……算是吧。你們也一樣嗎？」

「當然，考試已剩下不到兩個禮拜耶。」

「我看妳在用功之前，先把千葉縣的相關資訊好好複習一次吧。剛剛那一題可是送分題。」

「我不認為是送分題……那麼來考地理，請說出千葉縣的兩項名產。」

雪之下詢問我的語調，跟先前詢問由比濱的時候一模一樣，看來她也想考我。

「正確答案是『千葉名勝，祭典舞蹈』。」

「我問的是『名產』。再說，根本沒有多少人知道千葉音頭的歌詞……」

雪之下露出一臉被我打敗的模樣，不過她不就知道嗎？應該是我敗給她才對。

順帶一提，「千葉音頭」是本地盂蘭盆節的舞蹈，流行的程度跟這裡的縣民體操差不多。說到縣民體操，只要是千葉人都會唱都會跳。不過這種體操明明沒有歌詞，為什麼唱得出來呢？

就這樣過了好一陣子，終於輪到我們點餐。這時，由比濱突然賊兮兮地笑著。

「自閉男，請客～♪」

「嗯？可以啊。妳要喝什麼？糖漿？」

「我是獨角仙嗎？不想請的話就直說！」

哎呀，被發現了，反正我根本沒有理由要請客。雪之下看著我們一來一往，輕輕嘆一口氣。

「夠了，那樣很丟臉。動不動就要對方請客的人根本是垃圾，我非常不喜歡。」

我難得認同雪之下的意見。

「是啊，我也不喜歡。」

「咦？我、我不會再說了！」

「不過朋友之間開開玩笑是無所謂，妳可以要妳那群死黨請客。」

「是啊，沒錯。反正那不是我的死黨，我不在意。」

「太震驚了！所以我不算是你們的死黨嗎？」

我冷眼看著由比濱對雪之下哭訴，這時總算輪到我點餐。我點一杯綜合咖啡，精明幹練的店員立刻送上飲料。

「這樣是三百九十圓。」

我把手伸進口袋，但在這時赫然想起不久前剛發生的事。我在書店買了一本輕小說，然後呢？付掉身上僅有的一千圓，找回來的零錢……原來我今天根本沒帶錢嘛！但是店員都已把咖啡做好，現在也沒辦法反悔。

於是，我悄悄對排在後面的那兩人開口：

「抱歉，今天我沒帶錢出來，能不能麻煩幫我付一下？」

「……垃圾。」

雪之下毫不猶豫地把我視為垃圾，由比濱則無奈地嘆一口氣。

「唉，真拿你沒辦法。」

由、由比濱小姐！女神降臨啦！這樣就搞定了！

「既然那杯咖啡是我出錢的，自閉男要不要喝糖漿就好？」

……這個惡魔，妳是女神轉生嗎？

「八、八幡，我來出！不用客氣喔！」

戶塚溫柔地對我微笑，真是宛如天使一般！我正想好好抱住他時，一旁插進雪之下冰冷的聲音。

「對他太好不是一件好事。」

「這種話等妳對我好過再來說。」

結果，最後是由戶塚幫我出咖啡的錢。我向他道謝，接著去尋找座位。在等待他們三人點好餐點的期間，先這樣做是應該的。

這時有四個客人起身離開，我立刻遞補上去。放好餐盤後，我把背包扔到沙發上，但扔的力道太大，背包遠遠滑出去。

這時，隔壁桌穿著制服的美少女輕輕幫我按住背包。她並未發出任何怨言，態度相當優雅端莊，我便向她點頭致意。

「啊，是哥哥。」

這名美少女是我的妹妹——比企谷小町。她身穿國中制服，露出高興的笑容對我揮手。

「……妳在這裡做什麼？」

「喔，大志找小町來這裡討論事情。」

小町說完，轉頭看向對面座位。那裡坐著一位身穿立領制服的國中男生。

對方向我行一個禮，我則不自覺地進入警戒模式。為什麼？為什麼會有男生跟小町在一起！

「這位是川崎大志同學。昨天也提過吧？他的姐姐變成不良少女。」

這麼說來，好像是有點印象沒錯，不過百分之九十九的內容我都沒聽進去，只記得「一九九四年黃鶯歌唱藤原京」。所以那一年到底發生什麼事啊……

「他想知道該怎麼做，才能讓姐姐變回原本的樣子。對了，哥哥也聽一下嘛，之前不是說有困難可以跟你說嗎？」

啊，昨天我好像是一時衝動，脫口說出「這裡交給我，你們先走」之類的話。如果是為了自己妹妹，我的確願意幫忙；但現在是妹妹的朋友，而且是個男的，我實在提不起勁……

「這樣啊，我知道了。不過，你先跟家裡的人討論看看再說也不遲吧？沒錯，不僅不遲，現在這樣反倒是太快呢。」

他會不會乖乖上鉤，聽從我乍聽之下很有道理，其實一點也不管用的建議呢？然後趕快離開我妹，滾回自己家！

我懷著這個念頭，以學長之姿開導這位名叫大志的男生。

「這、這個……最近姐姐總是很晚才回家，而且完全不聽父母的話。不論我跟她說什麼，她只會生氣地回答跟我沒關係……」

大志低下頭說道，看來他已經想不出什麼辦法。

「現在能夠依賴的……只有哥哥了。」

「你叫我『哥哥』不太對吧！」

「在吵什麼啊？像個頑固老爸似的。」

這時背後傳來一個平淡的聲音，我回過頭，發現雪之下他們已經來了。小町看到這群人穿著跟我一樣的制服，立刻斷定是我的同伴，迅速露出接待客戶專用的笑容。

「哎呀～大家好～我是比企谷小町，承蒙各位照顧我哥哥。」

她一邊打招呼，一邊鞠躬行禮。長久以來我妹一直有種特性，就是對外很會做表面功夫。至於另外一位川崎大志也低頭致意，報上自己的名字。不過他低頭的角度大約介於點頭和行禮之間，實在不知道究竟是哪一種。

「妳是八幡的妹妹嗎？初次見面，我是跟他同班的戶塚彩加。」

「啊，請多多指教～哇～妳好可愛喔！對不對，哥哥？」

「嗯，是啊，不過他是男生。」

「哈哈哈，又在說笑了，這個哥哥真不知道在說什麼呢～」

「啊，那個……我真的是男生……」

戶塚害羞得臉頰泛紅，看向別的地方。咦？這傢伙真的是男生沒錯吧？

「咦……真的嗎？」

小町用手肘戳我，向我問道。

「抱歉，我也不是那麼有把握，不過應該是男生。雖然他真的很可愛。」

「這、這樣啊……」

小町仍然半信半疑地盯著戶塚。每當她說出「你的睫毛好長～皮膚好漂亮～」之類的讚美，滿臉通紅的戶塚便會不安地扭動身體，想逃離她的視線。

那副模樣實在非常可愛，我真想一直欣賞。不過，我接收到他用眼神發出的求救訊號，便把小町拉到一邊。

「好啦，夠了。還有這位是由比濱，旁邊的是雪之下。」

我簡短介紹過後，小町看向那兩人。由比濱跟她對上視線，便「哈哈哈～」地笑著自我介紹。

「初、初次見面……我是自閉男的同班同學，由比濱結衣。」

「初次見面，請多……咦？嗯……」

小町停下動作，仔細研究起由比濱的臉；由比濱則冒出冷汗，視線飄向一旁。

妳們一個是蛇，一個是青蛙嗎？這兩人互看三秒鐘後，終於有個聲音插進來。

「……應該差不多了吧？」

儘管雪之下很有風度，但她實在等太久。光靠冷淡的一句話，便讓由比濱跟小町的注意力乖乖轉向她身上，真是厲害。雪之下的聲音冰冷澄澈，宛如耳邊的輕聲低喃，卻又讓人聽得非常清楚。那種感覺，如同聆聽無聲的落雪逐漸堆積。

所以，場面會沉默下來。正確說來，應該是大家都忘記呼吸。小町睜大眼睛直直看著雪之下，從旁人的角度看來，她像是瞬間被雪之下迷住。

「初次見面，我叫做雪之下雪乃，是比企谷同學的……什麼呢？我們既不是同學，也不是朋友……非常遺憾，應該算是認識的人吧？」

「妳又說遺憾，又使用疑問句是怎樣……」

「等一下，說是『認識的人』還算恰當嗎？我對比企谷同學的認知僅止於名字，更正確地說，他的其他事情我根本不想知道。這樣可以算是認識嗎？」

這話說得真過分。不過仔細一想，「認識的人」這種定位實在很模糊，不像若說是「朋友」，大家多少還能理解。如果只見過一次面，那可以算是認識嗎？若是見過很多次面，還能算是認識嗎？彼此又要瞭解多少，才能算是認識呢？

用定義不明的方式稱呼，的確不太妥當。既然這樣，應該使用已經確定的事實。

「不管怎樣，都算是同一間學校的同屆學生吧。」

「有道理……那麼，容我更正一下。非常遺憾，我是跟比企谷同學念同一間學校的雪之下雪乃。」

「遺憾那句還是一樣喔！」

不只是妳感到遺憾，我也遺憾得不得了！

「因為我想不出其他更好的描述。」

「沒關係。從剛才那些對話，小町已經知道你們平常的關係，所以沒問題。」

小町溫柔地對還在思考的雪之下說道。有個聰明的妹妹真好，可惜她對自己哥哥的愛顯然不夠。

「請問……我應該怎麼辦呢？」

「嗯？啊……」

我們回頭，才發現大志從頭到尾都被晾在一旁，完全不知該如何是好。

我都已覺得自己被徹底忽略，但現場還有人只認識小町一個，那種坐立難安的感覺想必更加強烈。如果以「認識的人認識的人」身分，被帶去某個奇怪的地方，確實會讓人坐立難安。再加上在場所有人的年紀都比自己大，因而言行舉止會變得小心翼翼。結果又因為小心翼翼、不敢多說話，反而引起旁人注意，被關心「怎麼啦？為什麼都不說話」，這樣真是讓人恨不得死掉算了。於是，只能假裝認真在聽大家說話，適時點頭回應，或者隨時把曖昧的笑容掛在臉上。

從這點看來，大志能夠努力開口說些什麼，可見得社交能力相當好，未來想必大有前途……但也還不到能把小町交給他的程度。

「我是川崎大志，姐姐就讀總武高中二年級……啊，我姐姐叫做川崎沙希，最近開始學壞了，或者該說是變成不良少女……」

這名字好像不久前才聽過。我開始在記憶裡翻箱倒櫃，同時把牛奶加進咖啡裡。這一瞬間，記憶的洪流朝我襲來。黑白兩色、對比鮮明的液體逐漸調和，刺激著我的視覺……對啦！就是那個黑色蕾絲女！

「我們班上的那個川崎沙希嗎？」

「川崎沙希同學……」

雪之下不認識這個人，複誦一遍名字後，稍微歪頭表示困惑。至於由比濱聽到這個名字，馬上雙手一拍，真不愧是同班同學。

「啊～是川崎同學嗎？她感覺有點可怕，該說是太妹嗎……」

「妳們不是朋友啊？」

「雖然曾說過話，但好像不算朋友……喂，不要問女生這種問題，很難回答耶。」

由比濱有點閃爍其詞，看來女生之間分為各個小團體、小圈圈、派系與公會，內情頗為複雜。總之，從她那句話中，可以得知這兩人的關係並不好。

「不過，我也沒看過川崎同學跟誰特別要好……她好像永遠都坐在位置上看著窗外發呆。」

「啊，的確是那樣子。」

經戶塚補充，我想起川崎在教室裡的樣子。她略帶灰色的眼眸，總是凝望著飄過空中的浮雲；視線並不是看著教室，而是望向更遠、不屬於這裡的某個地方。

「你姐姐是從什麼時候開始改變？」

「是、是的！」

大志被雪之下突然一問，身體猛然一震。

我來說明一下。大志不是單純覺得雪之下很可怕，還因為對自己說話的人是個漂亮的大姐姐而心生緊張。這是國中男生會有的正常反應。我還是國中生時，應該也是那樣子，不過成為高中生的現在，只剩下害怕的感覺。

「嗯……姐姐在國中時非常用功，所以才能進入總武高中。她當時也對我很好，經常做飯給我吃，到高一為止都沒什麼改變，直到最近才……」

「所以是高二之後才變成那樣嗎？」

大志說聲「是的」回答我的問題，雪之下則已進入思考模式。

「升上高二後改變的事情中，有沒有什麼是比較可疑的原因？」

「大概是重新分班吧？分到F班之後。」

「所以說，是跟比企谷同學同班之後的事囉。」

「喂，幹嘛說得好像是我造成的？我是什麼病菌嗎？」

「我沒有那樣說，是你的被害妄想太嚴重，比企谷菌。」

「妳明明有說，那個『菌』字我聽得很清楚！」（註27）

「我只是不小心咬到舌頭。」

竟然裝蒜！

拜託，這會讓我想起過去不好的回憶，所以千萬別把我當成細菌。小學生可是

註27 「比企谷同學（比企谷君）」與「比企谷菌」發音相近。

很殘忍的，我才碰到同學一下，他們就會發出「是比企谷菌」、「我摸」、「我已經打開防護罩了」之類的鬼叫，甚至還有「防護罩對比企谷菌沒用」。這種細菌到底是有多強？

「不過，你說你姐姐很晚回家，到底是多晚？我自己也常常很晚才回家，升上高中之後，這應該不算奇怪吧？」

「嗯，是、是啊，話是沒錯……」

面對由比濱的詢問，大志支支吾吾地別開視線。他一定是因為這個大姐姐太性感，所以感到害羞。這是國中男生會有的正常反應，不過成為高中生的現在，我只覺得對一個蕩婦說話大可口無遮攔。

「可是，她常常清晨五點過後才回來。」

「那根本就天亮了……」

睡覺時間只剩下兩小時，難怪她會遲到。

「你姐姐清晨才回家，父母親沒有說什麼嗎？」

「嗯……我父母都在工作，而且家中還有更小的弟弟妹妹，所以不太會管她。再加上姐姐那種時間才回家，幾乎不會跟父母碰到面……反正家裡的孩子一多，就會出現一堆問題。」

戶塚一臉擔心地問道，大志對他的問題反而能夠流暢回答。嗯，看來國中男生還不懂得欣賞戶塚的魅力，不像身為高中生的我就覺得他超可愛。

「即使偶爾碰到面，他們也只會吵架；若是我跟姐姐說什麼，她總是固執地說不關我的事……」

大志垂下肩膀，完全不知該如何是好。

「家家有本難念的經呢……」

雪之下的臉上出現前所未有的陰霾，那副快哭出來的樣子，簡直跟向我們傾訴煩惱的大志一樣，甚至有過之而無不及。

「雪之下……」

我出聲呼喚她時，窗外的雲朵正好遮住陽光，在室內產生一片陰影，因此我沒看清楚她低著頭的表情，只能從無力垂下的肩膀得知她微微嘆一口氣。

「什麼事？」

重新抬起頭後，她已恢復原本冰冷的表情，跟平時沒什麼兩樣。

太陽被雲朵遮住僅有短暫的一瞬間而已。當時的我並不知道她那一刻的嘆息，究竟隱含什麼意思。

在場似乎只有我察覺到雪之下的變化，大志他們的對話仍繼續進行。

「不僅如此……最近我常接到奇怪的地方打來的電話，說是要找姐姐。」

聽到這裡，由比濱的頭上冒出問號。

「奇怪的地方？」

「嗯，印象中叫做『天使』什麼的，我想是一家店吧……而且是店長打來的。」

「那樣有什麼好奇怪的嗎？」

聽戶塚這麼問，大志立刻「碰」一聲往桌面拍下去。

「那、那間店叫做『天使』耶！一定是很可疑的店！」

「咦？我完全不覺得……」

由比濱瑟縮一下並且持保留態度，不過我可是非常明白。

這是來自我的「中二情色探測器」情報。舉例來說，若把「天使」這個字跟「歌舞伎町」放在一起，情色度是不是馬上暴增五成？如果再加個「超級」什麼的，情色度還會增加四成。

不用說，那肯定是色情行業。

一個小鬼能注意到這點，看來是個可造之材。

「大志，總之你先冷靜下來，這些我都非常清楚。」

大志聽到有人認同他的想法，高興地擦擦發熱的眼角，激動地要往我撲過來。

「哥、哥哥！」

「哈哈哈，不准叫我哥哥，小心我宰了你。」

就這樣，一段以「情色」為名的羈絆，正式在兩個男人之間形成。同一時間，其他幾人則沉著地商討後續對應的方針。

「不管怎樣，首先得查出她在哪裡工作。即使那間店不像那兩個白痴說的那麼危險，但工作到天亮仍是很不對勁。我們得盡快調查清楚，勸她早點辭職才行。」

「嗯……但是，如果只是勸她辭職，難保之後不會換一家店繼續工作吧？」

由比濱發表她的看法，小町也點頭同意。

「嗯，就像蛇跟獴的關係。」

「……妳想說的是像打地鼠一樣吧？」

唉，老妹，拜託妳不要丟比企谷家的臉，連雪之下都無言以對。

「總之，我們必須對症下藥並且從根本治療。」

雪之下做出這個結論時，我正好把大志拉開。

「喂，等一下，難道我們要插手？」

「不好嗎？川崎大志是我們學校的學生川崎沙希的弟弟，他的問題又跟川崎沙希同學有關，我認為這樣就算在侍奉社的服務範圍內。」

「不過現在社團活動暫停……」

「哥哥～～」

小町戳了戳我的背。我回過頭，見到她臉上的笑容。

那是她有求於人時才會出現的笑容。某一年的聖誕節，她正是用那樣的笑容，把我許願想得到什麼禮物的機會拐走。為什麼我得告訴聖誕老公公，自己想要時尚魔女的卡片啊？

不過，小町有父母作為最強靠山，我完全不敢不從。可惡，這傢伙真是一點也不可愛！

「我知道啦……」

我心不甘情不願地答應。大志馬上發出歡呼，連連向我鞠躬道謝。

「謝、謝謝！非常不好意思，麻煩各位了！」

× × ×

翌日，「川崎沙希更生計畫」正式啟動。

放學後我來到社辦，發現雪之下手拿一本有點艱深的書，已經在那裡等著。

「那麼，我們開始吧。」

我跟由比濱點點頭，不知為何，戶塚也在這裡。

「戶塚，你不用勉強自己陪我們喔。」

雪之下總是出現一些出人意表的舉動，若想跟著她到處跑，真的要有一顆很強壯的心臟才行，而且十之八九不會碰到什麼好事。

然而，戶塚只是笑著搖搖頭。

「沒關係，反正我也有聽到那件事，而且，我想看看你們社團都在做什麼……如果不會妨礙到你們，我想要參加。」

「這、這樣啊，那麼……你也加入吧。」

無意識間，我只有「你也加入」這幾個字講得比較有男子氣概。沒辦法，對方可是揪著運動衫的袖子，抬眼看著我說出「我想參加」這種話耶（註28）！要是不在這裡表現一下，我還算什麼男人！不過，戶塚也是男的，唉……

考試前夕社團停止活動，因此放學後沒有多少人留下來。現在除了我們幾個，校內大概只剩留下來晚自習的同學，和因為遲到而被叫去輔導的川崎沙希。順帶一提，若是一個月遲到五次以上，就會被叫去教職員辦公室接受輔導。

現在這個時間，川崎應該在辦公室裡，接受平塚老師的諄諄教誨。

「我稍微思考一下，最好的方法，還是川崎同學能夠自行解決自己的問題。跟被人硬逼著改變相比，靠自己的力量重新振作的風險比較低，而且幾乎不會復發。」

「是沒有錯啦。」

不只是不良行為，當自己的舉止受到他人批評時，通常會心生不滿。即使提出刺耳批評的人跟自己很親近，還是容易產生抗拒心態。舉個清楚易懂的例子，如果母親在考試前說「不要再摸魚，趕快去念書」，就會回她「啊！我才正準備要念書，被妳一講又不想念啦」，這是一樣的道理。

「那麼，妳有什麼具體的方法？」

「你們聽過動物療法嗎？」

簡單解釋一下，動物療法屬於一種精神治療方式，藉由接觸動物減輕人們的壓力，在情緒方面產生正面效用。

註28 原文的「付き合い」有「交往」與「共同行動」兩種意思。

雪之下簡單解釋後，由比濱發出「嗯、嗯」的聲音表示理解。

這的確不失為一個好方法。根據大志的描述，川崎本來是個認真又溫柔的女生，透過動物療法，說不定可以讓她找回那份溫柔。

但是，有一個問題。

「我們要去哪裡找動物？」

「關於這一點……有人家裡養貓嗎？」

戶塚搖頭表示沒有，這副模樣真可愛。我看用這隻可愛的小動物就很夠了，效果超群喔！

「我們家有養狗，不行嗎？」

由比濱豎起食指跟小指，另外三根手指碰在一起。喂，那個形狀是狐狸才對吧？

「貓比較理想。」

「我不知道貓和狗有什麼差別……有什麼學術上的理由嗎？」

「並沒有……反正就是不能用狗。」

雪之下突然把視線撇開。

「……我看只是因為妳怕狗吧？」

「我從來沒說過那種話，請不要妄下定論。」

雪之下轉趨不悅，但是馬上被由比濱追問：

「騙人～小雪乃，妳討厭狗嗎？為什麼？再也沒有其他動物比小狗更可愛耶！」

「……那是因為妳喜歡狗才那麼覺得。」

雪之下說出這句話時，聲音聽起來比較低沉。怎麼回事？狗曾經讓她產生什麼心靈創傷嗎？是不是被狗咬過？哎呀～要是她真的討厭狗，那也不勉強啦，反正能知道雪之下一個弱點，我已經很滿意。

「我家裡有養貓，應該可以吧？」

「可以。」

得到雪之下同意後，我馬上撥電話給小町。聽筒傳來一陣莫名其妙的音樂，這是哪門子的來電答鈴？為什麼她的手機還會播歌？

『你好～是小町喲～』

「啊，小町，妳現在在家嗎？」

『嗯，在家～什麼事？』

「家裡那隻貓應該在吧？能不能麻煩妳把牠帶來學校？」

『咦？為什麼～小雪那麼重，不要啦～』

我們家的貓像雪屋一樣圓滾滾的，但四個音節念起來太麻煩（註29），結果不知不覺間就省略成現在這種叫法。

註29　「雪屋」的原文為「カマクラ（kamakura）」，是日本秋田、新潟等地的傳統習俗，在用雪堆成的窯洞裡設置祭壇、祭拜水神。

「是雪之下說要拿來的喔。」

『小町馬上過去。』

小町的話音剛落，立刻傳來通話切斷的嘟嘟聲……咦？為什麼我一說雪之下的名字，她的態度就改變那麼多？我拜託的時候，她總是推託半天耶！

我把電話收起來，心裡很不是滋味。總武高中在這一帶還算有名，她應該不至於迷路吧。

「她說馬上就來，要不要去外面等？」

我這麼告訴雪之下，大家便來到校門口等候。經過二十分鐘，小町單手提著寵物箱，神采奕奕地出現在我們面前。

「不好意思，特地麻煩妳來一趟。」

「哪裡哪裡～因為是雪乃姐姐的拜託啊～」

小町笑著說道，一邊從上方打開箱子給大家看。

小雪大剌剌地坐在籠子裡，還用目中無人的眼神瞪我，彷彿在說「喂，你看什麼看啊」，這隻貓真是一點也不可愛。

「哇～好可愛喔！」

戶塚撫摸著小雪，小雪卻拚命扭動身體，不斷抗議「喂喂喂，別鬧了！住手！不要摸肚子！不准摸啊～～～」，但還是只能任他擺布。

「那麼，現在要怎麼做？」

我從戶塚手上接過小雪，捏住牠的後頸提在空中。請注意，這是錯誤示範，用手抱起才是正確動作。

「放進紙箱中，然後擺到川崎同學面前。如果她心動了，就會把貓撿回去。」

「她又不是從前那種不良分子的老大……」

竟然還認為不良分子會把流浪貓帶回去養……妳是第二次嬰兒潮（註30）出生的嗎？

不過，我們跟川崎不熟，想幫她進行動物療法，確實只能使用這種間接方法。

「那麼，我去找個紙箱。」

我要把貓交給站得最近的由比濱，她卻往後跳一步……不，我要妳拿著啦。這次我出聲叫她，再把貓遞出去，結果她又閃到一旁。

「怎麼回事？」

「啊，沒、沒沒沒什麼！」

由比濱怯生生地把手伸過來，小雪看到那雙手便「喵～～」地叫一聲。她被貓叫聲嚇到，手又縮回去。

「難道……妳怕貓嗎？」

「什、什麼？我、我怎麼可能怕貓？我反而很喜歡貓呢！哎呀～真、真是可愛～喵喵喵～」

註30 意指於一九七〇年代前半出生。

可是她的聲音在顫抖。這樣勉強自己有什麼意義呢？根本沒必要啊。

「拜託妳了，小町。」

我把小雪交給小町，牠馬上舒服地發出咕嚕聲。真慘，連貓都討厭我。

「我馬上回來。」

學校辦公室應該找得到紙箱。雖然說不同的貓對紙箱有不同的喜好，但我家這隻貓不是很挑剔，基本上只要是紙箱都可以。

另外，小雪對塑膠製品也有種莫名愛好。牠很喜歡舔包在漫畫書上的塑膠收縮膜，那玩意兒好吃嗎？

順便要幾個塑膠袋好了……我邊走邊思考該如何增加貓對自己的好感，這時，由比濱快步從後面追過來。

「那、那個！我並不是不喜歡貓……」

「嗯？喔，其實討厭貓也沒關係啊，像雪之下討厭狗，我也討厭昆蟲之類的。」

補充一下，我討厭的東西還有「人」。

「不是啦，我真的不討厭，也覺得貓很可愛……」

「還是說妳對貓毛過敏？」

「不是……因為貓總有一天會消失吧？所以，心裡感覺有點難過……」

由比濱一反平常充滿精神的樣子，顯得特別安分。她的眼神多了些許寂寞，腳步放慢下來，於是我跟著配合她的速度。

「我以前住在公寓大廈，當時大家很流行偷偷飼養貓咪。」

「我還是頭一次聽說這種活動。」

「那是住公寓大廈的小孩才有的體驗，因為公寓大廈裡不是不能養寵物嗎？所以我瞞著家人，自己偷養一隻流浪貓。但是不知道什麼時候，牠突然消失……所以不太喜歡貓呢～」

她最後那句話一如往常是哈哈笑著帶過。

對於年幼的由比濱而言，「離別」到底是什麼樣的感受？說不定那是種悔恨、是種背叛。自己明明這麼照顧牠、跟牠這麼要好、彼此心靈相通，為什麼就那樣消失不見？

不過，現在的由比濱應該已很清楚。

貓明白自己的死期將至時，會默默從主人身邊消失。

既然如此，對於長大的由比濱而言，當時那份惜別之情又是什麼樣的感受？說不定是感到後悔吧。

這些不過是我自己的想像，或許事實根本不是如此。不過，我依然相信她會感到悲傷，同時是個溫柔的人。

我們不再交談，默默抬著不怎麼重的紙箱回去。

× × ×

小雪進入紙箱後，用前爪稍微確認觸感。牠踏個三下把底部踩平，然後滿意地發出咕嚕聲，像是在說：「嗯……還不錯。」

好，接下來就是在這裡等川崎沙希登場。可是現在有個問題，就是我們不知道她什麼時候才會出現，因為平塚老師訓話的時間會隨當天心情而有所不同。

「為了保險起見，我們先分配工作。」

於是，提出動物療法的雪之下擔任總指揮，戶塚在教職員辦公室前監視，由比濱守在腳踏車停放處，小町專門傳遞消息，我則負責抱著紙箱到處奔波。

我的任務跟其他人不太相同，在收到命令之前沒什麼事要做。在這段等待期間，我去附近的自動販賣機買瓶SPORTOP，打算補充一下活力。買好飲料後，我拆開紙盒、插入吸管喝個一兩口，然後走回原本的地方。這時——

「喵～～」

小雪發出我再熟悉不過的貓叫聲。

「喵——」

一個女生發出不甚習慣的貓叫聲。

我不禁環視一下四周，但除了雪之下之外，並未看到其他女生。我只好向她的背影開口：

「……妳在做什麼？」

「什麼？」

她回答得好像什麼事都沒有發生。

「妳剛剛不是在跟貓——」

「比起這個，我應該對你下達靜候指示的命令，結果這麼簡單的事情，你還是做不到啊。我都已經把你低劣的程度列入考慮，但沒想到會這麼離譜。對於一個腦袋比小學生還不如的人，我到底該怎麼下達命令你才聽得懂呢？」

雪之下說起話來毫不留情，冷酷的程度比平常增加一半。最重要的是，她的眼神正在暗示「再多說一句話就宰了你」。

「瞭、瞭解，我馬上回去待命。」

我正要走向原本坐的長椅，這時手機突然發出震動，螢幕上出現一串從沒看過的電話號碼。這種時候會打電話來的，應該只有小町、由比濱、戶塚和雪之下。既然我有小町跟由比濱的電話，雪之下則在幾秒前碰過面，應該不需要打電話……這麼說來，是戶塚囉？

「喂？」

『啊，是哥哥嗎？我是跟比企谷同學問到這支電話的。』

「我沒有弟弟也沒有乾弟！」

我掛斷電話，但對方馬上又打來。看來就算我不理他，他也不會死心，所以我

只好死心地接起電話。

『等一下，為什麼要掛我電話！』

「什麼事？」

『那個……我聽說你們要用到貓，可是姐姐對貓毛過敏喔。』

……這樣一來，這個計畫豈不是泡湯了？

「這種事情為什麼不早一點說？」

『對不起，我也是剛剛才知道的。』

「好啦，我知道了，謝謝你的提醒，拜拜。」

結束通話後，我立刻趕向雪之下。雪之下正蹲在小雪面前，搔弄牠的喉嚨，還捏著牠的肉球。

「雪之下。」

我一出聲，雪之下迅速把手放開，用「這次又怎樣」的眼神瞪過來。哎呀，之前的事情我才剛忘掉，妳那樣一瞪反而又讓我想起來。

「剛才大志打電話來，說川崎對貓毛過敏，所以即使把貓放在這裡，她應該也不會撿。」

「……唉，計畫取消吧。」

雪之下滿臉不捨地撫摸小雪的頭。喵～～

通知所有人計畫取消後，大家從各自負責的崗位回來。

「哥哥，川崎同學有沒有打電話給你？」

「有。不過，妳不可以隨便告訴別人電話號碼，要是發生危險怎麼辦？處理個人資料時，一定要提高警覺。」

「不過，比企谷同學的個人資料沒有多大價值吧？」

雪之下用開玩笑的口吻損我一下。

「不是我，是小町。聽清楚了嗎？不可以隨便告訴別人電話，尤其對方是男生時更要注意。」

「討厭啦～那種事情小町很清楚的～」

小町笑著蒙混帶過。其實她在這方面特別厲害，看來那些事情她可能處理得比我還要好。

反倒是我們必須更加把勁才行。動物療法以失敗收場，所以得另尋他法。我轉頭看向雪之下，詢問她是否有其他對策。

然而，雪之下只是來回看著我跟小町，喃喃說道：

「……你們兄妹的感情真好……讓人有點羨慕。」

「啊？喔，獨生子女的話或許會這麼認為吧，不過這也不是多好的事。」

「不，我……算了，沒什麼。」

她難得會把到嘴邊的話吞回去。平常明明那麼伶牙俐齒，還有閒功夫用一堆不必要的話挖苦我，難道是吃壞肚子？像是吃了由比濱做的餅乾之類的。

「接下來呢？我們得想想其他方法。」

「那、那個……」

戶塚怯生生地舉起手，視線在雪之下和由比濱之間游移，用不安的眼神問她們：「請、請問我可以發言嗎……」當然可以！哪怕其他人不答應、哪怕這是一段不被允許的戀情，我也答應你！

「請說，歡迎你自由表達自己的意見，這樣對我們也有幫助。」

「那麼……要不要請平塚老師問看看？有些事情確實會因為跟父母的關係太近，反而難以啟齒；但如果是面對其他大人，或許有辦法開口吧？」

喔喔，相當中肯的意見。有些事情在自己的父母面前，的確會變得很不好開口。例如A書之類的，或是戀愛方面的問題，絕對不會想跟父母商量。其他說不出口的事，還包括到學校之後發現自己的桌子出現在走廊上、鞋櫃被人丟垃圾，還有為收到情書興奮不已時，發現那是同年級學生的惡作劇。

這種時候，第三方就顯得很重要。而且第三方必須是擁有豐富的人生閱歷、值得依賴的大人。請他們提供一臂之力，或許是個不錯的方法。

「可是，平塚老師嗎……」

問題就在這裡。她只會讓人連連搖頭，真的算是大人嗎？我看只有胸部算得上是大人吧。

「我認為平塚老師關心學生的程度，比其他老師還要高，應該沒有其他更適合的人選。」

「嗯……好吧。」

雪之下說的很對，平塚老師身為大家的導師，可說是相當盡心盡力。她就是平常會跟學生交流、仔細觀察後，才介紹有煩惱的學生去侍奉社那種地方。

「那麼，我聯絡看看。」

我把事件概略和川崎沙希的大小事寫在電子郵件裡寄給老師。之前我一直以為自己不可能用到老師的手機信箱，結果它竟然在意想不到的情況下派上用場。

「『……以上。關於詳細內容，請移駕至大樓門口。』這樣她應該會來吧？」

我在信末這麼作結，然後等待老師出現。

叩、叩……五分鐘後，我們聽到響亮的腳步聲。

「比企谷，我知道情況了，讓我聽聽詳細內容。」

老師一臉認真地走來，用隨身菸灰缸捻熄香菸。她靜靜聽我說明我們對川崎沙希知道的一切，以及目前做出的推測，然後短短嘆一口氣。

「本校學生在深夜工作算是重大事件。這件事相當急迫，讓我來解決吧。」

平塚老師說完，「呵、呵、呵～」地狂妄笑起來。

「你們看著吧。我來這裡之前先讓川崎回去了，她大概再兩分鐘就會到這裡。」

……怎麼回事？為什麼我感到難以言喻的不安？為何我強烈覺得她會變成砲灰呢？

「絕對不可以拳腳相向喔。」

「怎麼會呢?我、我只會對你拳腳相向啊!」

「呃，一點也不可愛……」

過一會兒，川崎沙希來到大樓門口。她漫不經心地走著，還不時打呵欠。背包從毫無精神的肩膀上滑落，她仍絲毫不在意，就讓它掛在手肘上晃來晃去。

「川崎，等一下。」

平塚老師倏地出現，從後方叫住川崎。川崎回過頭，挺直駝著的背，半眯起眼睛像是要瞪對方。

平塚老師算是滿高的，不過川崎也不遑多讓。她修長的雙腿套在鞋帶綁得很鬆的靴子裡，輕輕踢一下旁邊的小石頭。

「……有什麼事?」

她的聲音嘶啞、沒什麼活力，但又好像帶著刺，說明白點就是很恐怖。那種恐怖不同於不良分子的不友善，而是類似市郊小酒館裡那種久經世事，獨自坐在吧檯角落、一手拿著威士忌一手抽菸的大姐姐。

另一方面，平塚老師全身上下也散發出某種恐怖感。不過，她的感覺像一個粉領族來到衛星都市車站前的中華料理店，一邊吃著什錦蕎麥麵一邊灌著瓶裝啤酒，並且像疲憊的大叔對電視直播的棒球比賽抱怨:「換掉那個爛投手!」

現在是怎麼回事?怪獸大決戰嗎?

「川崎，聽說妳最近都很晚才回家，是不是都拖到快天亮啊？妳到底跑去什麼地方幹了什麼事？」

「請問老師是聽誰說的？」

「我不能洩漏委託人的資訊。總之，快點回答我的問題。」

平塚老師游刃有餘地笑著，川崎則慵懶地嘆一口氣。從某種角度看來，她有點像是在嘲笑老師。

「沒什麼。而且我高興在哪裡都可以吧？又不會造成別人困擾。」

「之後可能就會造成別人的困擾。妳好歹是個高中生，說不定會被送進警局接受輔導，到時候包括妳的家長還有我，也都會被警察叫去喔。」

川崎聞言，只是繼續茫然地瞪著老師。平塚老師大概再也受不了她那個樣子，一把抓起她的手臂。

「難道妳沒想過父母的心情嗎？」

平塚老師的神情相當認真，絲毫沒有放開對方的意思。她此刻的手想必相當溫暖，不知道那股熱忱能否傳達到川崎冰冷的內心。

「老師……」

川崎輕聲開口，伸手觸碰老師的那隻手，並用筆直的眼神看向她，然後說道：

「父母的心情怎樣才不關我的事。倒是老師您沒有當過母親，應該不會瞭解吧？這種事情請等您結婚且當上母親之後再說。」

「唔！」

她一把揮開平塚老師的手，老師彷彿吃了一記右直拳，受到重大打擊，身體一個踉蹌失去平衡。看來川崎並沒有接收到她的熱忱。

「老師，與其擔心我的未來，還是先擔心您自己的未來比較好，例如趕快結婚。」

川崎繼續追加攻勢，平塚老師原本後仰的身體往前一傾，膝蓋頻頻顫抖。看來是腿部受到攻擊啊……接著顫動往上延伸到腰部、肩膀，最後甚至影響到聲音。

「……唔唔……」

老師的眼眶泛淚，完全無法反擊。

川崎無情地拋下老師，逕自往腳踏車停放處走去。我們則是面面相覷，實在不知道該說什麼。由比濱跟小町尷尬地看著地面，戶塚也喃喃說著：「老師好可憐喔……」

這時，雪之下在背後推我一把，大概是要我想點辦法。

幹嘛？為什麼是我啊！雖然我心裡這麼想，但是看到老師那麼可憐，自己也覺得應該上前安慰一下才是。這種感覺……該不會就是「同情」吧？

「那個……老、老師？」

我一面想著要如何安慰，一面對平塚老師開口，老師則像殭屍般緩緩回頭。

「……嗚嗚……我今天就先回去……」

她用拇指擦掉眼角的淚水，有氣無力地說道。

然後，她不等我回應，踩著不穩的腳步搖搖晃晃地往停車場走去。

「老、老師辛苦了。」

看著她在夕陽下孤單行走的背影，我覺得眼淚快被陽光激發出來了。

誰快點去陪她一下啊，我是說真的。

× × ×

平塚老師消失在夕陽中，變成夜空中一顆閃爍的星星。

一個小時後，我們一群人來到千葉車站。

我先讓小町帶小雪回家。對一個還在念國中的女生而言，千葉還是太危險。她比較適合跟三五好友去十四號縣道旁「洋華堂」的美食街吃烤馬鈴薯。不過，為什麼國中生那麼愛去洋華堂啊？每次跟老媽去那裡買東西時，看到他們都覺得超煩的，給我去「媽媽牧場」（註31）啦！

時間即將來到晚間七點半，夜晚的街道正要開始熱鬧。

「千葉市內的餐飲店中，名字裡有『天使』兩個字又營業到天亮的，好像只有兩間。」

註31 「洋華堂」是日本一間連鎖式的綜合商場，「媽媽牧場」則是位於千葉縣的牧場主題樂園。

「這裡就是其中一間嗎？」

雪之下用可疑的眼神，看向一塊寫著「女僕咖啡・內有天使」的發亮招牌。這塊招牌裝飾著一閃一閃的霓虹燈，旁邊還立著另一塊牌子，上面畫了一個頭戴獸耳、說著「喵！歡迎回來汪～」招手攬客的女生。我光是從雪之下的態度，便能明顯看出她內心正在納悶：「這是什麼？」

其實我同樣感到不解。這是在搞什麼？又喵又汪的，到底是貓還是狗？而且店名雖然叫做「內有天使」，但根本沒有半點天使的感覺。

「原來千葉也有女僕咖啡廳啊……」

由比濱像是覺得很稀奇似地說道。

「由比濱，妳太天真了。千葉可說是應有盡有，這裡最擅長誤解其他地方流行的東西然後引進。妳看這間店令人遺憾得要命，正是所謂的『千葉品質』。」

沒錯，千葉可說是集所有遺憾於一身的縣。從新東京國際機場、東京電玩展、東京德國村，到有「千葉涉谷」之稱的柏市，無一不想跟東京看齊。但千葉人又喜歡在奇怪的地方保留千葉的味道，並加進一些變化，這就是千葉。想想看那片被大家揶揄為「千葉比佛利」的高級住宅區，那種堅持根本是要向世界宣戰。

然後，在京成電鐵的千葉中央站附近，聚集了安利美特和虎之穴，可以算是千葉的次文化集散地。換句話說，這是千葉和秋葉原的戰爭。因此，這裡會出現女僕咖啡廳也是理所當然的。

「我對這種地方不太瞭解……女僕咖啡是什麼樣的店呢？」

戶塚讀了好幾次看板上的文字，但無論如何都無法理解。沒辦法，即使是寫說「要不要和我們一起度過萌萌的女僕時光」，還是一樣讓人摸不著頭緒。不，等一下，什麼叫「女僕時光」？難道是要我們當女僕嗎？

「我也沒有去過女僕咖啡廳，所以不太清楚……不過，我找了一個對這種地方很熟悉的人過來。」

「咳嗯~是你叫的我嗎？八幡？」

說曹操，曹操就到。材木座義輝通過千葉中央站的剪票口，前來跟我們會合。現在明明是初夏時節，他卻披著一件大衣，不斷發出喘氣聲還拚命擦汗，外套領口都出現一片鹽的結晶。喂，你知道在古代的中國，自己偷製鹽是要被處刑的嗎？

「天啊……」

由比濱微微露出不舒服的表情，但我不好意思責備她，因為我比她還要不舒服。

「……是你叫我來的，為什麼露出那種表情？」

「我們也很無奈啊。一想到要跟你打交道，就覺得很麻煩。」

「嗚呼！正是如此。吾等實力不相上下，我也不好手下留情。這種對於對手的厭惡感，我非常清楚。」

「沒錯沒錯，就是這樣才麻煩。」

「嘎哈哈哈哈！」

聽我這麼一說，材木座立刻發出令人不愉快的狂笑聲。快給我滾！

其實我真的不想找他來，但在我認識的人當中，對於這方面較有研究的只有他跟平塚老師。不過平塚老師的興趣在於少年漫畫，所以只剩下這一個選擇。

我先用電子郵件把事情的經過寄給他知道，包括川崎的回家時間、工作的店名可能有「天使」二字，以及她的為人。從這些資訊中，材木座歸納出一個可能的地點，亦即這間「內有天使」女僕咖啡廳。

「材木座，真的是這間店嗎？」

「嗯，不會錯的。」

他操縱著自己的智慧型手機，把從Google大神查到的資料秀給我們看。這樣做固然是很方便，不過這些智慧型手機太過好用，也因此讓手指頭辛苦許多。網路社會就是指大家太常上網，導致手指出現問題的社會吧。

「如你所見，千葉市內有兩個可能的地點。但我的靈魂對我低語，那位叫做川崎沙希的人一定會選這裡。」

「為什麼你會知道？」

眼見材木座格外有自信，我忍不住吞一口口水。難道說，這傢伙掌握什麼我們不知道的消息嗎？

材木座聽我這麼問，從喉嚨深處發出一陣笑聲……啊，其實他根本沒有「自信」這種東西，他所擁有的叫做「確信」。

「不用多問，跟我走就對了……那些女僕會好好疼愛你喔……」

他說完翻動一下大衣衣襬，我彷彿看見他的身邊捲起一陣風。

這傢伙……

既然這傢伙都說成那樣，當然要跟他去！前往那個約定之地，溢滿蜜糖的黃金之地，神聖的桃色王國！

我滿心期待那些女僕會提供什麼服務，心臟興奮地跳動著，向前邁開腳步。這是人類的一小步，對我而言卻是意義非凡的一大步！

這時，有人拉住我的外套下襬，回頭一看，只見由比濱不太高興地鼓起臉頰。

「……」

「……怎麼啦？」

「沒什麼~只是想到自閉男也要進那種店……總覺得不是很舒服。」

她不斷用指尖搓揉我的外套，看來是在鬧脾氣。住手啊，會起毛球的！

「……我不懂妳在說什麼，把主語、述語、受詞說清楚。」

「我是說，這種店不是給男人去的嗎？那我們女生要怎麼辦？」

嗯？哎呀，經她這麼一提，女生好像不會去女僕咖啡廳喔。

我瞄向材木座大師，請他幫忙解惑，於是我們這位可靠的大師盤起雙手，從稍微高一些的位置對我們說：

「女人，不用擔心。」

「誰是哈密瓜啊……」（註32）

不，我也覺得妳是哈密瓜沒錯，但我不會告訴妳為什麼。

「我早已準備好女僕裝以應付這種臥底調查。」

材木座從背後抽出一套女僕裝，而且外面還套著洗衣店的袋子，正處於最乾淨的狀態。咦？原來不是金屬棒或平底鍋之類的玩意兒嗎？

「咳咳，那麼戶塚氏，來吧……」

喔喔，原來是找戶塚啊！幹得好！

「咦？為、為什麼是我……」

材木座一步步逼近戶塚，戶塚則一步步往後退。這是在演什麼驚悚片嗎？這種事情如果發生在平常，我會扮演英雄的角色，不惜往材木座的肚子揮一拳也要拯救戶塚。但唯獨這個時刻，我的身體無法動彈。

好、好想看……

不知不覺間，戶塚已經被逼到牆邊。由於材木座處於逆光的位置，看來還真像是怪獸。

「來吧，戶塚氏……來吧！來吧！來吧！來吧！」

看著一個龐然大物手拿一套女僕裝，戶塚含著淚水不斷搖頭。

「不……不要……我不要……」

註32 此處原文為「女郎」，日文發音跟「哈密瓜」相似。

他很清楚那是無謂的抵抗，但仍用力閉起充滿淚水的眼睛，就此逃避現實。

這時候——

「我要穿我要穿~我想穿穿看！好像好可愛耶！」

由比濱一把搶過材木座手中的女僕裝。

「……呿！」

材木座吐了一口口水，那行為似乎讓由比濱極為不悅，因而露出「這個處男噁心死了」的表情，狠狠瞪向材木座。

「你那是什麼態度？讓人很不高興喔。」

正常情況下，材木座這時會發出一連串咳嗽聲來蒙混過去，不過現在的他被「戶塚穿女僕裝」的想法沖昏頭，從剛才開始就不知為何十分強勢。

「哼，那樣根本不能算是女僕。妳所說的女僕只是裝扮成那樣子，沒有靈魂。」

「我完全聽不懂你在說什麼……」

由比濱用眼神要求我幫忙，但唯獨這種時候，我說什麼也不會幫忙。因為——

我瞭解材木座的意思。

「我明白。該怎麼說呢……妳穿上女僕裝根本不能看，只會像校慶時穿著女僕裝胡鬧、讓人看了就煩躁的大學生。」

說真的，有些人平常看不起出沒在這種地方的御宅族和女僕，卻會在特別的活動中把女僕裝捧得很高、很神聖。那到底是什麼意思？真教人不爽。

「若要Cosplay就要連內心都好好揣摩！先把《雪莉》看過一遍再來吧！像妳這種水準的人，一定會在Comike中扮成初音，大剌剌地在吸菸區抽菸！」

材木座說得相當激動，由比濱不禁倒退三步。她不甘心地發出低吟，轉向四周尋找救兵，最後躲到雪之下的身後。

被當成擋箭牌的雪之下微微嘆一口氣，接著指向咖啡店的看板。

「這裡好像也歡迎女性顧客喔。」

雪之下手指的地方，確實寫了那麼一行字。

——本店也歡迎女性顧客！可以體驗當女僕喔！

喂，看板應該不會騙人吧？所以真的要變成女僕時光嗎？

× × ×

總之，我們男男女女共五名走進店內。

「主人、大小姐，歡迎回來！」

在這句慣例的招呼聲中，我們被帶往餐桌就座。

由比濱跟雪之下去進行女僕體驗，所以座位上只有我、戶塚跟材木座。

「主人，有什麼事情請儘管吩咐。」

一位頭頂貓耳朵、戴著紅框眼鏡的大姐姐送上菜單，裡面滿是「嚼嚼～好吃蛋包飯」、「白色咖哩☆」、「可愛蛋糕♪」之類，充滿濃濃少女風的手寫餐點名稱。在一般菜單之外，還有「萌萌猜拳」、「合照」、「總武線遊戲」等額外服務可選。不過，為什麼跟女僕猜個拳就要付錢？這裡還處於泡沫經濟時代嗎？

算了，這些看不出所以然的東西交給材木座決定吧。

我看向一旁的材木座，只見他不斷環顧周圍，還把身體縮成一團，而且頻頻喝水。這麼說來，從剛才踏進店裡開始，他就沒說過一句話。

「喂，你怎麼啦？」

「嗯……雖、雖然我很喜歡這樣的店，不過一進來就會很緊張……沒辦法跟女僕好好說話。」

「喔。」

他不停對手中的玻璃杯發出超震動波，我決定予以無視。在場還有一個人緊閉著嘴巴，我轉而對他開口。

「戶塚，你對女僕咖啡──」

「……」

戶塚沒有反應。

「戶、戶塚？」

「……」

這次換我被無視。我的太陽啊！平常我跟他說話，他都會笑咪咪地看著我耶！

現在卻把臉轉向一旁生悶氣，完全不吭聲。

「怎麼回事？你在生氣嗎？」

如果連他都不理我，我也不用活了……我握住叉子，做好隨時往喉嚨刺進去的準備，又問他一次。這次，他終於開口。

「……剛才你都沒來幫我。」

「咦？啊～不是啦，那個……」

「……我明明是男生，你卻要我穿那麼可愛的衣服。」

戶塚氣呼呼地看著我……連生氣的模樣都這麼可愛……哎呀，不行不行，戶塚是男生，而且會為那個原因生氣，代表他不喜歡被人說很像女生。既然如此，我得小心不要再說類似的話。

「那個啊……嗯，那是男生之間開玩笑的方式啦，類似狼群彼此打鬧一樣。」

「……真的嗎？」

「真的，男子漢絕不說戲言。」

無論如何，這種情況下要打男生牌，用「男生之間的玩笑」強調男子氣概。

「那、那就沒關係……」

戶塚紅著臉頰，總算願意原諒我。

「真抱歉，為了表達歉意，我請你喝一杯卡布奇諾吧。義大利的男生都會喝這種咖啡喔。」

「嗯，謝謝你！」

總之，不斷強調「男性」的方法似乎發揮效用，戶塚的心情因此好轉，再度露出燦爛的笑容。於是，我高興地按下桌上的服務鈴。

「主人，讓您久等了。」

「我們要兩杯卡布奇諾。」

「如果主人希望的話，我們可以為您在卡布奇諾上畫小貓之類的圖案。請問需不需要呢？」

「喔，不用。」

即使我拒絕女僕姐姐提供的額外服務，她仍未露出一絲不悅，依舊用美麗的笑容對我說「好的，主人，請稍候一下喔♪」如果場景換成居酒屋，應該是「好！馬上來」的感覺吧。

不愧是專業人士，舉手投足都俐落能幹又充滿精神，讓人感覺相當舒服。

我想女僕咖啡廳之所以受歡迎，不是因為「萌萌♪」或「主人」這些表面上的話語，而是出於她們「希望大家能享受愉快時光」的真誠服務吧。跟客人猜拳、在蛋包飯上畫圖等等，想必也是她們表達心意的一種方式。因為這份心意成功地傳達出去，客人才會絡繹不絕。

然而，其中也有動作相當生澀的女僕。她端著托盤的手不斷顫抖，眼睛直盯著托盤上的杯子，一路走得搖搖晃晃。那樣絕對會跌倒然後露出內褲吧……我這麼想著，突然發現那位女僕是由比濱。

「讓您久等了……主、主人。」

她漲紅臉頰，把杯子放到我們桌上。看來要說這句話讓她相當難為情。

由比濱身穿現在流行的樸素女僕裝，以黑白兩色為基底，再加上輕飄飄的蕾絲邊；下半身的裙子很短，上半身倒是刻意強調出胸部。

「……」

「適、適合嗎？」

她把托盤放到桌上，緩緩轉一圈展示給我們看。隨著身體轉動，裝飾在衣服上的緞帶和花邊跟著飄起。

「哇～由比濱同學好可愛！對吧，八幡？」

「嗯？啊，哈哈哈。」

我被戶塚突然一問，脫口給了個不是很明確的答覆。不過由比濱似乎解讀成我在誇獎她，因而高興地露出笑容。

「這樣啊……太好了……嘿嘿，謝謝。」

老實說，我其實是嚇到了。

由比濱呆頭呆腦的特色並沒有不同，不過，收斂過的態度跟略微害羞的表情，卻讓人對她產生有別於以往的印象。

「哎呀～不過女僕裝的裙子好短，膝上襪又好緊，以前的人要穿成這樣工作，真

是辛苦呢～感覺把家裡打掃一次後，就會跟除塵拖把一樣全身沾滿灰塵。」

我收回剛才那句話，由比濱果然還是由比濱。

「妳若是閉嘴不說話就好了……」

「啥？那是什麼意思！」

她拿起托盤往我的頭敲下去。竟然對主人動粗！

「你們在玩什麼？」

這時，背後傳來一陣冰冷的聲音。我回過頭，看到一名大英帝國時代的女僕站在那裡。

她穿著長袖上衣配上長裙，整體是暗色系的苔蘚綠，頭上綁著一條顯眼的黑色緞帶裝飾，端莊穩重的形象讓樸實無華的服裝散發出一股奢華氣息。

「哇～天啊！小雪乃，好漂亮喔！超適合妳的！」

由比濱發出一陣讚嘆。

她說的沒錯，那套衣服真的跟雪之下很相稱。

「不過，與其說是女僕，妳更像是羅田麥爾小姐……」

我的比喻應該滿容易理解，但雪之下跟由比濱似乎沒聽懂，頭上浮現問號。

「就是很適合妳的意思……」

「這樣啊，不過我不怎麼在意就是了。」

雪之下回答得一副興趣缺缺的樣子。

順便解釋一下，羅田麥爾小姐是以前一部叫做「小天使」的卡通中，一名女管家的角色，要說那是女僕也沒有錯啦。如果用其他類似的人物比喻，大概是迪士尼樂園裡的鬼屋工作人員吧。

「看來川崎同學不在這間店裡工作。」

「妳已經調查過了嗎？」

「當然，我是為了調查才穿上這件衣服。」

雪之下自己一個人潛入內部調查，而且做得有聲有色，我彷彿見證女僕偵探誕生的那一瞬間。相較之下，我竟然滿腦子只想著要討戶塚高興……

「會不會是她今天休假？」

聽由比濱這麼問，雪之下搖搖頭說：

「班表上沒有她的名字。既然打工的店裡會打電話到她家，可見得川崎同學不是使用假名。」

甚至考慮到這一點，這已經不只是女僕，根本是女管家。女管家都看到啦（註33）！

「也就是說，我們完全被假消息唬弄嗎……」

我瞪一眼坐在旁邊的材木座。材木座歪著頭，沉吟說道：

「真奇怪……應該不可能是這樣啊……」

註33 本句原文的發音同日劇名稱「家政婦三田」。

「哪樣？」

「嗯哼～平時趾高氣揚的少女偷偷在女僕咖啡廳工作，然後發生『喵喵喵♪歡迎回來，主人……喂，你怎麼會在這裡』這種狀況，不是一種宿命般的發展嗎？」

「我完全不懂你的意思。」

材木座的癖好關我們什麼事？因為這傢伙的緣故，害我們浪費一天，而且今天時間也晚了，沒辦法再去另外一家店。

不過，由比濱穿上女僕裝後相當高興，我又發現這間不錯的店，姑且當成是有所收穫吧。

×　×　×

翌日，出現在我們社辦的人數達到史上最高峰。

雪之下認為，既然對症療法行不通，應該從根本治療。大家就是因為這句話而聚集到這裡。

我、雪之下、由比濱本來就是社員，所以出現在社辦裡是理所當然的事；戶塚跟材木座常來這裡露面，所以也沒什麼好大驚小怪。

不過，有一個人明顯跟這裡格格不入，卻意外地融入這個環境。

「為什麼葉山也在這裡？」

葉山正坐在窗邊看書。喂，既然是個陽光型的運動健將，別在那裡看書好不好？你是完全體的賽魯（註34）嗎？

我出聲詢問後，葉山便闔上書本，揮揮手說聲「嗨～」。

「沒有啦，我是被結衣叫來的。」

「由比濱？」

我回頭看向由比濱，不知為何，她得意洋洋地挺起胸口。

「我稍微思考一下，川崎同學會出現變化，不是應該有什麼原因嗎？雖然把原因從根本拔除是個好方法沒錯，可是，如果她怎樣都不聽別人說話，實行上就會有困難吧？」

「嗯，有道理。」

由比濱竟然有辦法說得頭頭是道，真是神奇。我點點頭，同時為這小小的奇蹟感到佩服。由比濱看到我的反應，心情變得更好，把胸口挺得更高，她的眼睛幾乎要看向天花板。

「沒錯吧？所以，我們必須改變一下想法。既然川崎同學變壞了，如果再讓她改變一次，照理來說不就會變好嗎？」

所謂「贊成的相反是贊成」就是這個意思吧，赤塚不二夫真是了不起（註35）。

註34　漫畫《七龍珠》裡的角色，吸收十七號、十八號之後變成完全體。

註35　出自赤塚不二夫的漫畫《天才傻瓜》的名句。

「那麼，為什麼有必要找葉山同學過來呢？」

雪之下對葉山似乎不是很有好感，所以說起話來特別帶刺。不過葉山只是專心地聽由比濱講話，沒有特別在意。

「討厭啦，小雪乃～會讓女生改變的原因，不就只有那一種嗎？」

「讓女生改變的原因……經年劣化嗎？」

「那是老化的意思嗎？不、不對啦！女孩子不論經過多久都還是女孩子！小雪乃，妳太不像女孩子！」

「又來了……」

雪之下嘆一口氣，不知該回應什麼。

不過，老是把「像不像女孩子」這種話掛在嘴邊的女生，其實更不像女孩子。既然沒察覺到這項事實，代表她們很不像女孩子。

「讓女孩產生變化的原因，就、就是……愛、愛情之類的……」

這傢伙好像說了什麼很難為情的話喔，而且說出那句話的本人還是最難為情的。

「總、總之！女生有喜歡的對象後，很多地方都會變得很奇怪！所以，我認為只要製造那樣的機會，事情便可以解決……這就是我找隼人同學幫忙的理由。」

「呃，我並不清楚妳為什麼會選我。」

葉山對由比濱苦笑著說道。等一下！如果你是真的不知道，連我都要生氣囉！

我睜大眼睛狠狠瞪過去，同一時間，材木座也做出一模一樣的動作。

「其他不是還有很多人也很受女生歡迎嗎？像是我們這裡的……戶塚的人氣就很高啊。」

還好他知道自己很受歡迎……不對，一點都不好！這點我絕對不能接受！我再度睜大眼睛狠狠瞪過去，同一時間，材木座也做出一模一樣的動作。

「這、這個我不是很清楚……」

戶塚羞紅臉頰，趕緊低下頭。由比濱看見他的反應，盤起雙手稍微思考一下。

「嗯，小彩的確也很受女生歡迎，但可能不符合川崎同學的喜好。而且你想嘛，剩下的那個中二也不可能，照這樣看來，隼人同學才是最適合的人選。」

「喂，不要自然而然地忽略我！」

「自、自閉男根本不在考慮範圍內！」

用不著紅著臉對我生氣吧？不過我位在射程範圍外，比材木座還不如這點，的確讓我有點受到打擊……等等，「中二」是她幫材木座取的綽號嗎？

「由比濱同學的判斷很正確。難道你認為班上有人認識你之後，還會為你傾倒嗎？」

「沒錯沒錯～」

有道理。如果我是女生，想必也不會對一個獨來獨往的人產生興趣。哎呀～誰教我擁有忍者的才能呢，忍者就是不能讓人察覺到自己的存在，所以這是沒辦法的事。我的才能還真是可怕……

「啊，沒有啦～我沒有那種意思，還是該說你沒有那麼差呢？或者說是因為諸多理由而非常令人遺憾……總之，這件事我想請隼人同學幫忙。」

我該如何活用這份忍者的才能呢？要不要去當火影算了……當我思考著這個念頭時，由比濱繼續說明她的想法。

「可以拜託你嗎？」

全世界沒有一個男生面對女生這樣的請求時，還狠得下心拒絕。他們也是有諸多考量的。畢竟有人來拜託自己，便是一件值得高興的事；女生雙手合掌提出請求時，晃動的胸部也會讓人喪失判斷能力；而且大家從小就有一個心願，希望總有一天能成為拯救別人的英雄……總之，有很多原因啦。

這一點連葉山也不例外，他聳聳肩回答：

「我知道了。既然是因為這樣，那也沒有辦法。雖然我不是很有意願，不過試試看吧……結衣也好好努力。」

他說完後，伸手輕敲一下由比濱的頭。等等，要努力的是你才對吧？

「謝、謝謝……」

由比濱摸了摸葉山敲過的地方，如此回答。

如此這般，由比濱提出的「小白臉葉山・心兒怦怦跳的愛情喜劇大作戰」正式揭開序幕。這名稱是誰取的？根本是昭和年代的風格。

作戰內容很簡單。

葉山要使出渾身解數，用他的魅力抓住川崎的心，如此而已。順帶一提，「渾身解數」跟「魅力」是雙關語（註36）。

收拾好書包後，我們移動到腳踏車停放處，等待川崎出現。當然，如果我們跟葉山在一起會顯得很可疑，所以在比較遠的地方偷偷觀察。

然後，這一刻終於到來。

川崎跟昨天一樣毫無活力，拖著疲憊的腳步來到腳踏車停放處，忍著呵欠要打開腳踏車鎖。這時，葉山看準時機出現。

「辛苦啦，妳好像很睏呢？」

他溫柔地向川崎打招呼。雖然那應該是演出來的，卻顯得相當自然，連我在旁邊看著，都差點回應他：「喔，辛苦了。」

「要去打工嗎？別太勉強自己喔。」

這種不著痕跡的關懷……天啊，葉山真是個大好人，連我都有點迷上他。

可是，川崎只是打個呵欠，然後嘆一口氣說：

「謝謝你的關心，那我回去了。」

川崎的反應很冷淡，牽著腳踏車便要離去。這時，她的背後又傳來葉山的呼喚聲。那聲音之溫柔，彷彿讓聽者的整顆心都為之融化。

「那個……」

註36　原文中這兩個字皆讀作「もてる」。

川崎倏地停下腳步，轉頭看向葉山。

一陣涼爽的初夏之風吹過兩人間，看來他們的愛情喜劇突然降臨在此。由比濱興致勃勃地探出身體，握緊滲出汗水的手；材木座則因為嫉妒和憎恨，握緊充滿殺意的拳頭。

涼爽的風靜下來後，葉山對川崎開口：

「其實，妳不需要那麼勉強自己吧？」

此刻的他看起來閃閃發光，全身上下散發出大量負離子。

「喔，我不需要你的關心。」

喀啦喀啦喀啦……川崎推著腳踏車逐漸遠去。

這一刻，葉山所處空間的時間完全靜止下來，大概經過整整十秒，被拋下的他才尷尬地笑著走向我們。

「總覺得……我好像被甩了。」

…………

「啊，你辛……呵呵……」

我本來想說「你辛苦了」，但後面兩個字就是卡在喉嚨裡，而且有種難以名狀的感受在腹部醞釀。可惡！忍耐、忍耐啊！我拚命要憋住這股蠢蠢欲動的感情，身旁那個傢伙卻先失守。

「噗、噗噗……嘎哈哈哈哈！你看看你、你看看你！在那邊耍帥結果被甩了！

噗哈哈哈哈！」

「別說啦，材木呵呵呵……」

「你們兩個，不可以笑！」

戶塚對我們提出勸告，我也很努力要克制，但隨著材木座發出的爆笑聲，我再也忍不住。

「哎呀，沒關係，戶塚，我不會在意的。」

葉山面露苦笑地說道……他真是個大好人。明明沒有意願，仍是肯幫忙我們，還因此受到不必要的傷害。

材木座也感受到葉山的紳士風範，不再發出笑聲。他清一清喉嚨，重新開口：

「這位葉山……你不需要那麼……噗！那麼勉強自己啊！哇哈哈哈！」

「白痴！材木座，你不准再說了！不要再害我笑！」

我跟材木座再次大笑。由比濱看著我們，臉龐完全僵硬。

「這兩個人真是差勁……」

「這個計畫也失敗。沒辦法，晚上去另一家店看看吧。」

「是啊……」

呼……真愉快。

這是我第一次覺得加入侍奉社真是太好了。

× × ×

手錶的針指向八點二十分。

大家約好在海濱幕張站前那個尖尖的地標前方集合，我現在就倚在這塊大家通稱為「尖尖的怪東西」上。

今晚我們要前往的地方，是位於皇家大倉飯店最頂層的酒吧「天使之梯」。

這是千葉市內最後一間名字裡有「天使」二字，又營業到天亮的店。此外，說不定這會是我第一次也是唯一一次踏入這麼高級的地方。

我整理著穿不慣的薄夾克，這是從老爸衣櫃裡擅自借來的衣服。不過可能因為我們兩人的身材差不多，穿起來竟然剛剛好。

有著黑色立領的彩色襯衫配上牛仔褲，腳上則是尖頭的皮鞋——平常我根本不可能打扮成這樣。應該說我對於衣服並不講究，除了身上的牛仔褲，其他都是從老爸那裡借來的。另外，我的髮型也整理過一番。

造型師是比企谷小町。

我請小町幫我搭配一套看起來比較老成的服裝，她把家中衣櫃翻找過一遍後，我就成了這個樣子。

「哥哥的眼神很像疲憊的上班族，所以只要在服裝跟髮型上動些手腳，看起來就會像個大人。」

聽她那樣說，我實在不知該作何感想。難道我的眼神真的那麼糟糕嗎？

第一個來到約定地點的是戶塚彩加。

「抱歉，等很久嗎？」

「沒有，我也才剛到。」

戶塚的衣服充滿中性運動風。大小適中的T恤配上寬鬆的工作褲，搭配一頂戴得不深的針織帽，頭上還掛著一副耳機。他穿著籃球鞋的腳每踩一步，微微發光的皮夾鏈就跟著晃動一下。

這是我第一次看見戶塚穿便服的模樣，不知不覺間看得出神。結果不知道為什麼，他不太好意思地把帽緣往下拉，想要遮住自己的眼睛。

「不、不要一直盯著我……這、這樣很奇怪嗎？」

「不、不會奇怪！很適合你喔。」

總覺得這段對話有點像約會時的台詞，可惜我跟戶塚並不是在約會。

證據在於材木座接著出現了。

他不知為何穿著成套的工作服，頭上還纏著一條白色毛巾，所以我決定先假裝沒看到他。

「哼嗯~我記得集合地點在這裡……喔！這不是八幡嗎？」

他裝模作樣地說道，讓我更是感到不爽。不過既然被他發現，我也沒辦法繼續裝死。

「……你那身打扮是怎麼回事？為何頭上還纏一條毛巾？你是拉麵店老闆嗎？」

「唉，說要打扮得像個大人的，不就是你們嗎？於是，我選擇工作服跟頭巾，打扮成工作中的大人模樣。」

喔……原來他那身裝扮的概念是這樣來的。反正人都來了，現在不管說什麼都無濟於事，到時候只要放著他不管就好，所以不用在意。

我得出這個結論後，由比濱正巧發出「叩、叩」的腳步聲走過來。

她一面環顧四周，一面拿出手機。咦，她沒注意到我們嗎？

「由比濱。」

我一開口叫她，她頓時嚇一跳，心虛地往這裡看來。喂，妳剛才明明有看向這裡吧？

「你、你是自閉男嗎？真的耶！你打扮成那樣，一下子還真看不出來……」

「什麼啊？不准笑。」

「我、我才沒有笑！是因為你今天的樣子跟平常差太多，才會嚇一跳……」

她目不轉睛地盯著我老半天，還不斷發出各種感嘆，最後點點頭，似乎瞭然於心地說道：

「這是小町搭配的吧？」

「是啊，妳真清楚。」

「果然呢……」

她一副相當理解的樣子，到底是知道什麼？

我有種受到 Peeko 檢查服裝的感覺，所以也用小西良幸的方式回敬（註37）。

由比濱穿著平口的露肩小可愛，右邊的塑膠肩帶掛在肩上，左邊則任其滑落；脖子上的心型項鍊微微晃動，她似乎很喜歡這條項鍊。她上半身披著丹寧材質的短夾克，下半身是工作褲材質的黑色熱褲，上面還有金色鈕扣裝飾；至於腳下則宛如藤蔓包裹似地踩著高跟涼鞋，每走一步腳鍊便隨之晃動。

「總覺得不是很有大人味……」

「啊？哪裡沒有大人味？」

由比濱緊張地看看手又看看腳。嗯，看在這身造型的份上，至少像個女大學生啦……

這下子大家差不多到齊了，剩下最後一個人。當我這麼想時，後面傳來說話聲。

「抱歉，我來晚了嗎？」

在夜色的陰暗中，那件白色夏裝特別顯眼，下半身的內搭褲則突顯出纖細優美的雙腿。小號的涼鞋造型簡單，但跟緊緻的腳踝相當搭配。

她抬起手腕確認時間時，小巧手錶的粉紅色錶面以白皙肌膚為襯，看起來非常可愛；金屬錶帶繞在透著光澤的手腕上，好似一種銀製工藝品。

「時間剛剛好。」

註37 Peeko本名為杉浦克昭，日本藝人、時尚評論家，小西良幸則是一名男性服裝設計師。

雪之下宛如在夜裡綻放的小白花，散發出沁涼的魅力。

「啊……」

我只能發出一聲，說不出其他話。第一次踏進侍奉社社辦時，為那張美貌震懾的記憶再度浮現腦海。

要是她的個性可以正常一點……

「妳聽說過『浪費鬼』嗎？」

「真是愚蠢，世界上根本沒有鬼。」

雪之下無視我的問題，掃視在場所有人。

「嗯……」

然後，她從材木座開始，依序指向大家。

「不及格。」

「唔？」

「不及格。」

「……咦？」

「不及格。」

「咦？」

「人品不及格。」

「喂……」

所有人莫名其妙地被宣判不及格，而且我的評價特別不一樣。

「我不是告訴你們，要穿得成熟一點嗎？」

「不是要像個大人嗎？」

「等一下要去的地方，如果衣著不夠正式，可是會被擋在門外。男生的上衣要有領子並且身穿夾克，這是基本中的基本。」

「有、有這種規定啊……」

雪之下對戶塚點點頭。

「比較高檔的餐廳或飯店常會這樣規定，最好現在趕快記起來。」

「妳對那方面還滿清楚的嘛。」

照理來說，一般高中生並不會知道這些事。畢竟我們會光顧的店，大多不出Bamiyan（註38）和薩莉亞；如果更高級一些，頂多只到樂雅樂的等級。

不管怎樣，在場只有我一個男生身穿夾克。戶塚看起來太休閒，材木座則像個拉麵店的老闆。

「我、我也不行嗎？」

由比濱再問一遍，雪之下顯得有點為難。

「女性的服裝規定比較沒有那麼嚴苛……但護花使者如果是比企谷同學，恐怕會有困難。」

註38　日本的中華料理連鎖店。

「等一下等一下，這件可是夾克喔！夾克！」

我連忙學鄉○美掀動身上的夾克，強調它的存在，雪之下卻不禁失笑。

「即使你的服裝勉強過關，那雙死魚眼大概還是過不去。」

……我的眼神真的那麼糟糕嗎？

「被店家擋在外頭後，再回去準備服裝也很麻煩，由比濱同學要不要先來我家換衣服呢？」

「咦，可以去小雪乃家嗎？我要去、我要去……啊，可是這種時間拜訪，會不會打擾到妳的家人？」

「不用擔心，我是自己一個人住。」

「原來妳是個女強人！」

由比濱大吃一驚。喂，妳的標準是什麼？照那樣看來，所有一個人住的女生都是女強人囉。話說回來，聽到雪之下說她自己一個人住時，我倒覺得可以理解，畢竟她很會做料理，而且更重要的是，我完全無法想像她跟別人一起住的樣子。

「那我們走吧，我家在那裡。」

雪之下抬頭看向後方的天空，那裡是這一帶特別高價的高樓大廈。我平常很少看電視，所以不是很清楚，不過那種地方感覺很適合拍攝廣告跟連續劇。順帶一提，特攝片都很喜歡來海濱幕張拍攝。

那一棟摩天大樓散發淡淡的橘色光芒。雪之下的視線停留在大樓非常高的地方，看來她是住在上層。喔喔～她家該不會是資產階級吧？不過仔細一想，如果她家不屬於資產階級，也不可能讓就讀高中的女兒自己住在外頭。

「戶塚同學，讓你白來一趟真是不好意思。」

「不會啦，不用在意。能看到大家穿便服的樣子，我也相當高興。」

戶塚笑著這麼說道。他笑起來那麼可愛，就這樣讓他回去真是可惜。

「那麼，由比濱去換衣服的時候，我們先去吃個飯。妳換好後記得聯絡一下。」

「嗯，就這麼決定～」

雪之下和由比濱離開後，在場三個男生陷入沉默，像是在確認自己現在有多餓。

「那麼，要吃什麼？」

材木座摸著肚子問道。

我跟戶塚對望一眼。

「當然是拉麵吧。」

「當然是拉麵啦。」

×　　×　　×

我在剪票口跟材木座和戶塚道別。雖然稍早在拉麵店時，材木座被人誤認成店員而要跟他點餐，不過能夠吃到美味的拉麵，他們兩人看來都一臉滿足。

我離開車站，前往皇家大倉飯店。我跟雪之下和由比濱是約在那裡會合。

來到飯店底下時，我有點為它的巨大感到懾服。連照亮建築物的淡淡燈光都帶有一種高級感，這裡很明顯不是一介高中生該來的地方。

當我懷著興奮緊張的心情踏進飯店時，腳底下的觸感明顯變得不同。往鋪滿整個空間的地毯一踩，它便柔軟地下陷。這裡是奧斯卡的典禮會場嗎？

大廳中的紳士淑女個個顯得高雅，而且不時能看到外國人的身影。好厲害，幕張真是個大都會。

根據由比濱傳來的手機郵件，集合地點在電梯前方的大廳。

這裡的電梯門還會發光，跟我過去所見的完全不同，而且空間很寬廣。喂喂喂，竟然還有地方擺沙發？這裡已經比我家客廳還大吧？而且這張沙發坐起來非常舒服，裡面是塞了低彈力枕嗎？

咦？這裡還擺著一只壺啊。正當我讚嘆地欣賞那只壺的美時，我的手機響起。

『我們剛到，你已經到了嗎？』

已經到了，可是我沒看到人啊……我再度看看四周。

「久、久等了……」

這時，一位全身散發香氣的美女姐姐向我搭話。

她身上那襲露肩的深紅色禮服勾勒出優美的線條，形成人魚一般的造型；由於頭髮往上盤起，白皙的頸部讓我幾乎忘記呼吸。

「總、總覺得好像要參加鋼琴演奏會……」

「喔，原來是由比濱，我還在想是誰呢。」

多虧她一開口就露餡，我才得以認出是由比濱。如果她裝得一本正經、不要說話，我可能還真的認不出來。

「妳不能至少比喻成要參加結婚典禮嗎？那樣一身衣服，被妳說成是要去參加鋼琴演奏會，感覺實在很複雜……」

這時，另一位身裹深黑色洋裝的美女登場。

在散發出柔和光澤的衣料襯托下，她那身如新雪般潔白純淨的肌膚，顯得更加耀眼。未過膝的荷葉裙下，則是一雙修長的腿。束成一束、如頂級絲綢般豔麗的黑色長髮微捲，往下垂掛到胸口，看來宛如珠寶飾品，比身上的衣服還要搶眼。

這個人毫無疑問是雪之下雪乃。

「因、因為人家第一次穿成這樣嘛。倒是小雪乃，妳到底是何方人物？」

「太誇張了吧？我只是恰巧有這樣的衣服罷了。」

「一般人根本不會有這樣的衣服吧。話說回來，那種衣服哪裡買得到啊？思夢樂嗎？」

「思夢樂？我第一次聽說這個牌子。」

她竟然這樣回答我。既然沒聽過思夢樂，想必也沒聽過 UNIQLO 吧？

「好，我們走。」

雪之下按下電梯按鈕，隨著「叮」的一聲指示燈亮起，電梯門靜靜滑開。

這是一部透明電梯，隨著高度上升，整片東京灣展現在我們眼前。航行的船隻燈火、行駛於灣岸的車輛尾燈，以及高樓大廈的璀璨燈光，為幕張的夜景增添繽紛色彩。

抵達最頂樓後，電梯門再度開啟。

出現在我們眼前的是一整區微暗的酒吧。酒吧的燈光柔和，像是燭火一般低調。

「喂……這不是在開玩笑吧……」

這裡的氣氛很明顯不歡迎我踏進去。

在舞台的聚光燈照射下，一名白人女性正在演奏鋼琴爵士樂曲。我猜她是美國人，因為外國人跟美國人是同義詞。

還是回去吧──我用眼神向由比濱示意，她也用力點頭。光是還有一個同樣身為平民的由比濱在場，便令我覺得非常安心。

可惜，活在上流階級的雪之下是不會允許的。

「不要東張西望。」

我的腳被鞋跟踩一下。

「唔！」

強烈的痛楚讓我差點叫出聲。妳的鞋跟未免太尖了！難不成是《爆走兄弟》裡的魔鬼司令嗎？

「把腰打直、胸口挺起，記得收下巴。」

雪之下一邊小聲提醒我，一邊輕輕握住我的右手臂，纖細優美的手指纏上來。

「那、那個……怎麼回事？雪之下小姐……」

「不要慌慌張張的。由比濱同學，妳也照做。」

「咦、咦？」

由比濱露出一副「我不懂妳在想什麼」的表情，不過還是乖乖照做。也就是說，她把手放到我的左手臂上。

「那麼，我們走。」

在雪之下一聲令下，我配合她們兩人的步調，緩緩踏出腳步。我們剛穿過敞開的木製厚重大門，立刻有一名男侍上前，對我們欠身行禮。

這名男侍完全不問「請問幾位」、「是否吸菸」之類的問題，他與我們保持一步半的距離，引領我們來到整片玻璃窗前的靠邊吧檯座位。

一名女酒保正在吧檯後方擦拭玻璃杯，她的身材高眺、相貌端正。在這間昏暗的酒吧，那隱隱藏著憂愁的表情和眼角下的愛哭痣和這裡的氛圍十分相稱。

……等等，她不是川崎嗎？

她的長髮盤在頭上，身穿侍者服裝，舉止優雅，不發出一點聲響。這形象跟在學校的時候大不相同，完全沒有任何慵懶的感覺。

川崎沒認出我們，只是靜靜送上杯墊和堅果，然後靜靜等待。我還以為她一定會把菜單塞過來，問我們「嘿，要點啥」，不過這種地方當然不可能發生那種事。

「川崎。」

我輕輕對川崎開口，川崎露出有點不解的表情。

「非常不好意思，請問您是哪位？」

「明明是念同一班還認不出來，真不愧是比企谷同學。」

雪之下佩服地說著，同時坐到吧檯椅上。

「沒有啦，今天他穿得特別不一樣，認不出來也是沒辦法的事。」

由比濱幫我緩頰，然後也坐上椅子。剩下的一個空位介於兩人之間，如果現在是玩黑白棋，我只有認輸的份；如果是圍棋……算了，我不懂圍棋規則。

「終於找到妳了，川崎沙希同學。」

雪之下一開口，川崎馬上變臉。

「雪之下……」

川崎的敵意表露無遺，宛如看到殺父仇人。這兩人應該沒有交集才對，但雪之下在校內算是滿出名的，那樣的容貌加上那樣的性格，大概讓一些人很不是滋味。

「晚安。」

雪之下只是若無其事地打招呼，不知道她到底瞭不瞭解川崎的心情。

她們兩人對上視線後，我好像看到火花迸發。

大概是燈光的關係吧？真恐怖。

川崎瞇細眼睛打量由比濱，或許是看到同一間學校的雪之下出現在這裡，因而認為旁邊的人一定也是同學，所以想看個仔細。

「妳、妳好……」

由比濱不敵川崎的魄力，判斷情勢後打一聲招呼。

「由比濱啊……一下子還真認不出來。那麼，他也是總武高中的學生嗎？」

「啊，沒錯。他是跟我們同班的自閉男，比企谷八幡。」

我簡單點頭打過招呼後，川崎忽然笑起來，似乎不想多做辯解。

「原來被發現了嗎……」

她不再隱瞞，只是聳聳肩，盤手靠到牆上。或許是因為東窗事發，反而覺得一切都無所謂。

她開始露出在學校裡特有的那種慵懶，輕輕嘆一口氣後瞄我們一眼。

「要喝些什麼？」

「沛綠雅。」

雪之下說出一個我沒聽過的東西。那是什麼來著……培禮？她剛剛是在點飲料嗎？

「我、我也一樣！」

「啊……」

我本來想那樣回答，結果被由比濱搶先一步，徹底錯失機會。唔唔唔……現在該點什麼才好？應該回答唐培裡儂（註39）還是唐企鵝？補充一下，唐企鵝是激安殿堂（註40）的形象角色，就算我真的點了，八成也不會送上來。

「你叫比企谷對吧？要喝什麼？」

先前雪之下點的培禮好像是一種飲料……所以，只要我別說哈里斯或薩道義什麼的就好吧（註41）。既然如此，隨便想個飲料名……

「我要MAX……」

「給他一杯辣的薑汁汽水。」

我還沒說完就被雪之下打斷。

「好的。」

川崎露出苦笑，然後拿出三個香檳杯，熟練地倒入我們點的飲料，再分別擺到三個杯墊上。

我們默默向彼此舉杯，啜飲一口各自的飲料。這時雪之下才想起似地補一句：

「……這裡根本不可能有MAX咖啡吧？」

「真的假的？這裡是千葉縣耶！」

註39 法國知名的香檳牌子。

註40 日本一間連鎖式的折扣商店。

註41 哈里斯可能是指美國的電視節目主持人Melissa Harris-Perry。薩道義爵士原名埃內斯特．馬松．薩托，是十九世紀的英國外交家、日本學家，曾派駐於日本。

少了MAX咖啡，千葉縣哪裡還叫千葉縣？豈不是變成沒有太陽的太陽餅嗎？

「……有是有啦。」

川崎小聲這麼一說，雪之下馬上不悅地看過去。所以說，妳們到底為什麼處得不太好啊？很恐怖耶。

「那麼，你們是來這裡做什麼？總不可能是在跟那種人約會吧。」

「怎麼可能？如果妳是在說我旁邊的這個東西，即使是開玩笑也太沒格調。」

「那個……妳們鬥嘴就鬥嘴，不要波及到我好不好？」

不要用「那種人」或「這個東西」稱呼我！

如果只有她們兩人對談，事情永遠不會有進展，於是由我先開口。

「聽說妳最近都很晚回家，是因為這份打工的關係嗎？妳弟弟很擔心喔。」

我說完之後，川崎「哈」地嗤笑一聲，彷彿瞧不起我似的，真令人不爽。

「你們大老遠來到這裡，只是要跟我說這個嗎？真是辛苦。不過，你覺得我會乖乖聽一個陌生人說教，然後就此不幹嗎？」

「被同班同學說是陌生人，自閉男真厲害……」

我竟然因為這樣讓由比濱感到佩服……等一下，我同樣不認識川崎，所以這場比賽算是平手吧？

「難怪最近一直有人來煩我，是你們的主意啊？大志跟你們說些什麼嗎？我是不知道你們怎麼認識的，不過回去後我會自己跟他說，你們不用理會……換句話說，不要再跟大志有什麼牽扯。」

川崎瞪我一眼。

她是要我們這些局外人別再插手是吧？不過，雪之下不可能善罷甘休。

「我當然有理由阻止妳。」

雪之下的視線從川崎身上拉回自己的手錶，確認一下時間。

「現在是十點四十分……如果妳是灰姑娘，那還有一個小時的時間，可惜妳的魔法早已經解除了。」

「解除魔法後，接著不是快樂圓滿的結局嗎？」

「妳確定嗎？人魚公主小姐？我倒覺得在前方等待妳的，是不太快樂的結局。」

她們一來一往，完全容不得其他人插嘴，這股氣勢跟這裡的場景相當搭配。這兩人互相挖苦對方，像是上流階級喜歡玩的遊戲。所以說，妳們到底為什麼處得不好啊？今天不是才第一次見面嗎？很恐怖耶。

這時，有人拍了拍我的肩膀，湊向我耳邊問道：

「……自閉男，她們在說什麼？」

喔，由比濱啊。有妳這個平民相伴，我真的覺得好安心……

根據勞動基準法，未滿十八歲者不得在晚上十點之後工作。川崎到這個時間還在工作，代表她施了謊報年齡的魔法，但這個魔法被雪之下破解了。

可是，川崎仍不改其從容的態度。

「妳還是不打算辭職嗎？」

「嗯？我沒有這個打算。即使這裡解雇我，另外再找其他地方工作就好。」

她一面用布擦拭酒瓶，一面淡然說道。聽她說話的口氣，好像根本不把這當成一回事，實在讓我有點火大。但雪之下只是喝一口手中的培禮……還是哈里斯？

在一觸即發的險惡氣氛中，由比濱小心翼翼地開口。

「那、那個……川崎同學，為什麼妳要在這裡打工呢？嗯，那個……其實我啊，沒錢的時候也會去打工，但不至於會謊報年齡工作到這麼晚……」

「沒什麼……我只是需要錢。」

川崎放下酒瓶，稍微發出「咚」一聲。

這是理所當然的答案。大家之所以會工作，十之八九是為了錢。其中固然有人是想追求工作的價值以及活著的意義，不過那方面我不太清楚。

「啊～我好像可以瞭解。」

我不經意地這麼一說，川崎的表情立刻僵硬起來。

「你怎麼可能瞭解……一個拿自己未來開玩笑的人，怎麼可能瞭解？」

不記得是多久之前，我跟川崎在學校的屋頂上碰過面。看來她還記得當時看到的那張職場見習調查表。

「那才不是在開玩笑……」

「喔？如果不是在開玩笑，代表你還是個小鬼，未免把人生看得太簡單。」

川崎把擦過酒瓶的布扔向桌面，再度靠到牆上。

「你……不，不只是你，雪之下跟由比濱也不會瞭解的。我可不是為了玩樂用的錢而工作，別把我跟那種笨蛋相提並論。」

川崎瞪著我的眼神充滿魄力，那雙眼強烈傳達出「別礙事」的訊息，但是，眼眶中浮出淚水。

不過，那樣真的算是堅強嗎？依我聽來，她說沒有人能瞭解自己，可見得是對沒人理解自己這點感到嘆息和灰心。其實，她很希望有人能夠理解吧？

相較之下，看看雪之下，即使周圍沒有人理解她，她也不會因此嘆氣或灰心，那是因為她相信貫徹自己的信念就是一種堅強。

再看看由比濱，她從來不放棄去理解別人，也不會逃避。那是因為她希望即使是表面上的功夫，也能在時間的催化下產生什麼變化。

「嗯～可是，有些事情如果妳不試著說出口，別人就不會瞭解啊。說不定妳說出來後，我們便能幫上忙……妳心裡也會比較輕鬆……」

川崎用讓人寒到心底的視線看向由比濱，結果她說到一半，句子就變得斷斷續續。

「就算我說了你們也不會瞭解。幫得上忙？心裡會比較輕鬆？是嗎？那麼，妳可以給我錢嗎？或者，妳可以代替我爸媽給我他們拿不出來的東西呢？」

「這、這個……」

由比濱無法反駁而低下頭。川崎真是太恐怖了！

「請適可而止，如果妳再吵下去……」

雪之下的聲音幾乎令人冷到骨子裡，而且她只把話說一半，反而讓恐怖感加倍。等等，妳打算做什麼？

連川崎都不由得停頓一下，不過她隨及咂舌一聲，將視線轉向雪之下。

「聽說妳父親是縣議會的議員，沒錯吧？妳既不愁吃也不愁穿，怎麼可能瞭解我的處境……」

她這句話說得很小聲，彷彿是在說給自己聽。而且，她的聲音聽來，像是放棄了某種東西。

這時，突然傳來玻璃杯傾倒的聲音。

我往旁邊一看，只見沛綠雅從翻倒的杯中流出，雪之下則緊緊咬住嘴唇，眼睛盯著桌面。平常的雪之下不可能出現這種反應，我忍不住驚訝地盯著她的臉。

「……雪之下？」

「什麼事？啊，對不起。」

她回過神後，變回一如往常——不對，是比平常還要冰冷的撲克臉，若無其事地用毛巾擦拭桌面。從現場非比尋常的氣氛中，我察覺到那是雪之下的地雷。這麼一想，前一陣子她好像也出現過那種表情……我開始搜尋自己的記憶，想找出那是什麼時候的事。這時，有人發出「碰」的一聲拍打桌面。

「等一下！現在我們在講的事，跟小雪乃她家無關吧！」

由比濱瞪著川崎，態度難得十分強硬。她不是在開玩笑，也不是在起鬨，而是真的在生氣。原來這傢伙生起氣是這樣的表情嗎？

川崎不知是看她原本都嘿嘿傻笑著，卻突然來個態度大轉變，還是知道自己說了什麼不該說的話，聲音跟著變得低沉。

「……那麼，你們跟我家也沒有關係吧？」

如果真要這樣說，那一切都甭談了。

這件事跟我、由比濱以及雪之下當然沒有關係。

假如川崎的行為有違法律，教師跟家長要予以譴責，法律也會加以制裁。可是，對我們這些連朋友都不算的局外人而言，根本沒有可以幫上她的地方。

「妳說的或許沒錯，但現在不是在說那件事！跟小雪乃──」

「由比濱同學，請冷靜下來。我只是不小心翻倒杯子而已，根本沒什麼，妳用不著在意。」

由比濱激動地要站起身，但雪之下輕輕制止。她這時的聲音比平時還要沉著，但也相對地更加冰冷。

初夏都已經過了，這裡的空氣卻冷得要命。

看來今天是不會有什麼進展，這三個女生根本沒辦法冷靜地好好交談。

不過，我還是掌握到幾件事，之後再由我處理一下，應該便能解決。

「我看今天先回去吧。我已經睏了，喝完這杯就要走啦。」

話是這麼說，不過我的薑汁汽水還剩下半杯以上。

「你……」

「是、是啊，小雪乃，今天先回去吧！」

雪之下一臉受不了地嘆口氣，似乎想對我說什麼，不過被由比濱擋下來。由比濱跟我對望一眼後點點頭，看來她也注意到雪之下的狀況不太尋常。

「……好吧，那麼今天先回去。」

雪之下本人似乎同樣有所察覺，所以奇蹟般地聽從我的建議。她完全不看帳單一眼，把幾張鈔票擱在吧檯上便起身離席，由比濱也跟著站起身。

我在由比濱背後開口：

「由比濱，我晚一點寄信給妳。」

「……咦？嗯，我知道了……我等你。」

在間接照明下，由比濱的臉看起來特別紅。她的手在胸前猶豫一會兒，才揮手向我道別。不用揮手啦，那樣跟這種高檔的場所實在太不搭。

我目送兩人離去後，拿起杯子轉向川崎。在開口之前，我先用飲料潤潤喉嚨。

「川崎，明天早上借我一點時間。五點半在這條路上的麥當勞碰面可以嗎？」

「啊？為什麼？」

她的口氣比剛才還要冰冷，不過，我有把握用下一句話讓她改變態度。

「我想跟妳談一下大志的事。」

「……什麼?」

聽到這句話,她用驚訝——或說是帶有敵意的眼神看向我。我一口飲盡杯中的飲料,然後起身離去,這樣就不用跟她對上視線。

「那些話等明天再說,拜拜。」

「等一下!」

我帥氣地無視背後的呼喚,帶著跟這裡極為相稱的瀟灑,準備離開酒吧。

「等一下!錢不夠啦!」

……喂,雪之下,妳沒有幫我付喔。

我默默回到吧檯,掏出身上僅有的千圓鈔票,換回六十圓的找零。嗯……這種時候絕對不能問「為什麼」,對吧?

一杯薑汁汽水竟然要價快一千圓……只有這裡還處於泡沫經濟時代嗎?

× × ×

隔天早上,時間剛過清晨五點。其實我整夜都沒睡,現在正在麥當勞一邊打瞌睡,一邊喝著第二杯咖啡。天色已經亮起來,麻雀在地面上從容不迫地啄食東西,再度飛回空中。

我們三人離開飯店後，各自回到自己家。我回家後，只向小町拜託幾件事，便再度出門來這裡打發時間。其實我可以先在家裡睡一覺，但實在沒把握能在五點前起床。

之所以會熬夜到現在的理由是——

「來了嗎……」

自動門發出開啟的聲音，川崎沙希頂著一臉倦容，拖著腳步進來。

「你要跟我說什麼？」

一夜沒睡的疲憊讓川崎看起來格外不悅。面對她的魄力，我有一瞬間閃過要下跪道歉的念頭，不過還是打消那種想法，盡可能裝得從容不迫。

「總之，妳吸冷劑……先冷靜。」

我咬到舌頭，想要假裝鎮定的樣子卻徹底失敗。沒辦法，誰教川崎那麼恐怖。

不過也因為咬到舌頭，我才得以放鬆，順暢地繼續說下去。

「其他人也快來了，稍微等一下。」

「其他人？」

川崎一臉訝異地問我。這時，自動門再度開啟，雪之下和由比濱進入店內。

昨天晚上跟她們分開後，我寄一封信給由比濱，要她跟家裡說一聲，今晚借住在雪之下家，然後早上五點跟雪之下來這間麥當勞。總之是簡單扼要的聯絡事項。

「又是妳們？」

川崎露出不耐煩的表情，深深嘆一口氣。

不過，在場還有一個人同樣很不高興。

由比濱似乎在鬧脾氣，完全不看我一眼。

「怎麼，她睡眠不足嗎？」

我對雪之下問道，雪之下也歪頭表示不解。

「嗯……我看她睡得滿好的。不過，昨晚她看過你的信後，很明顯地變得不高興。你又寫什麼下流的內容嗎？」

「我不是說過不要把我當成性侵犯嗎？我只是單純傳達幾件事，她根本沒有什麼理由好生氣吧？」

我跟雪之下面面相覷，這時，小町突然冒出來。

「哎呀～真不愧是哥哥～到了重要時刻就很遲鈍呢。」

「喔，小町啊，不要一出現馬上罵自己的哥哥好嗎？」

「哥哥，說要傳達聯絡事項通常是寫信的藉口啦～如果真的只是要聯絡事情，大家才不會想寄信呢～」

「你把妹妹也找來嗎？」

雪之下有些意外。

「是啊，我拜託她一些事。小町，人有幫我帶來吧？」

「嗯！」

小町回應一聲，她手指的地方站著川崎大志。

「大志……這種時間你在這裡做什麼？」

川崎又急又氣地瞪向弟弟，不過大志不肯讓步。

「這是我該問的問題吧，姐姐？妳到底在做什麼，直到現在還不回家？」

「跟你沒有關係……」

川崎斷然結束這個話題，不想再說下去。然而，即使這一套對他人管用，對自己家人可不管用。在此之前，川崎和大志都是一對一的溝通模式，所以她大可避而不答。只要自己單方面結束話題，或是轉身離開，不管怎樣總有辦法蒙混過去。不過，現在她無法那樣做。我們擋在周圍，絕不會讓她逃走。更重要的是，大家全都目睹她大清早在外閒晃，她自然無法辯駁。

「哪裡沒有關係，我們是一家人耶！」

「……我不是說過，你不需要知道嗎？」

面對大志的追問，雖然川崎的語氣變弱，但還是打定主意不肯說出口。

換句話說，正因為對方是大志，她才沒有辦法說出口嗎？

「川崎，我來猜猜看妳為什麼要打工，又為什麼需要錢吧。」

川崎瞪我一眼，雪之下和由比濱則露出十分感興趣的眼神。

她不肯說明自己要打工的理由，但仔細想一下，會發現事情是有跡可循的。

大志曾說過，他姐姐是升上高中二年級才變成不良少女。從大志的角度看來確實是那樣沒錯，不過從川崎的角度看來，其實並非如此。

對她而言，開始打工的時間點，是在弟弟升上國三的時候。

因此，答案其實是在川崎大志的時間軸裡。

「大志，你升上國三後，生活有什麼改變嗎？」

「嗯……我想是開始補習吧？」

大志如此回答之後，仍持續思索著是否還有其他改變，不過，光是這個答案便已足夠。川崎大概也發現我要說什麼，不甘心地咬住嘴唇。

「原來如此，是為了籌措弟弟的學費啊……」

由比濱用理解的口吻說道，不過馬上被我打斷。

「不對。大志是四月開始去補習班，所以他的學費早已有著落，入學費跟教材費都付清了。我想，他們家人應該早就規劃好這些費用。換句話說，只有大志的學費不需要擔心。」

「這樣啊。的確，需要學費的不只有弟弟一個人。」

雪之下似乎已全盤瞭解，用些許同情的眼神看向川崎。

沒錯，我們就讀的總武高中是升學型學校，超過半數的學生都打算繼續念大學，而且真的會做到。因此，從高二的這時候開始，不少學生便開始準備大學考試，並且認真考慮去參加暑期衝刺班的事。

從進入大學前的準備階段，到進入大學的那一刻，都需要為數不少的金錢。

「大志曾說過，妳從以前就很認真，對他也很溫柔，所以才會決定那樣做吧？」

我做出結論後，川崎無力地垂下肩膀。

「姐姐……都是因為我、我去補習……」

「……所以說你不需要知道啊。」

川崎輕輕拍一下弟弟的頭安慰他。

哎呀～看來本次事件可以有個圓滿的感動大結局，真是太好了，可喜可賀、可喜可賀。

雖然我心裡這麼想，但川崎仍是一臉愁容。

「不過，我還是不打算辭掉打工。我也想上大學，而且不想因此讓家人跟大志有所負擔。」

川崎的聲調變得高亢，話中明顯聽得出她的決心。面對她那麼強烈的意志，大志再次閉口不語。

「那個～小町方便說句話嗎？」

小町慵懶的聲音打破這片沉默，川崎雙眼無神地看向她。

「何事？」

她的口氣不是很友善，看來像是要吵架的樣子，但小町只是笑著應付她。

「那個啊～小町家一直以來都是雙薪家庭，所以小町小時候，每次回家都看不到任何人，即使說『我回來了』也不會有人回應。」

「等一下，有人回應才可怕吧。妳突然說這個幹嘛？」
「啊～哥哥先安靜一下啦～」
我被小町這麼說，只好閉上嘴巴，乖乖聽她說下去。
「小町變得很討厭回去那個家，所以曾經離家出走五天喔。後來，把小町接回去的不是爸爸媽媽，而是哥哥，而且在那之後，哥哥開始比小町還要早回家。所以，小町一直很感謝哥哥！」
世界上怎麼會有那麼好的哥哥……啊，原來是我自己嘛。
聽到這段佳話，我的眼淚都快流下來。雖然當時我根本沒有那種意思，只是單純因為沒有一起玩耍的朋友，又想趕快回家看東京電視台傍晚六點的動畫罷了。
川崎用似乎對我有些親近感的眼神看向我，由比濱的眼中則泛起淚水，唯有雪之下露出不解的表情。
「比企谷同學會那麼早回去，是因為那時候就開始沒有朋友吧？」
「喂！妳怎麼知道？妳是雪基百科嗎？」
「啊～其實小町也非常清楚，只是覺得這樣說能讓自己加分嘛～」
小町爽快地承認，令由比濱大大張著嘴，露出一副快暈過去的樣子。
「……果然是自閉男的妹妹。」
「喂，那是什麼意思？」
是說我也很可愛嗎？嗯，可以理解。

「所以妳到底想說什麼？」

川崎不耐煩地質問小町，那副表情真恐怖，但小町還是不改笑容，正面回答她的問題。

「雖然小町的哥哥很沒有用，但他絕對不會讓小町操心。光是這一點，身為妹妹便感到很安心又高興——啊，這句話也是為了讓自己加分。」

「那句多餘的話不用一直說啦……」

「討厭～這當然是小町在掩飾自己的害羞啊～喔，這句話也一樣是加分用的。」

「夠了夠了……」

真是的，正因為有個說話隨便的妹妹，讓我直到現在都還不太相信女生。見我露出受不了的表情，小町哼了一聲表示不滿，不過看我還是相應不理，她也就作罷，回到跟川崎的對話當中。

「總之，如同沙希姐姐不想為家人帶來負擔，大志同學也不想給沙希姐姐添麻煩喔。如果妳能夠體會這一點，身為弟弟妹妹的會非常高興。」

「……」

川崎陷入沉默，我也一樣。

……糟糕，這種心情是怎麼回事？我從來沒想過小町會有那種想法。平常都是她給我添麻煩，所以我完全沒注意到。

「嗯……我也是那麼想的。」

大志喃喃地補充一句，並且把漲紅的臉別到一旁。

川崎站起身，輕輕摸了摸大志的頭，原本疲憊的神情多出一點溫柔的微笑。

不過，問題還沒完全解決，現在只是讓他們姐弟重新架起溝通的橋梁而已。精神方面得到充實，不代表一切便能滿足。即使有形之物總有一天會消失，也不代表它們沒有價值，不管是物質或金錢都是不可或缺的。

對高中生而言，金錢是個非常嚴苛的問題。稍微打個工、掙得一些錢後，更會深刻感受到這一點。私立大學的學費動輒好幾百萬圓，為了賺取那些錢，一個學生必須工作多久呢？那個數字想必非常可觀。

如果我們直接捐助川崎一、兩百萬，事情當然能圓滿解決，不過我們沒有那麼多錢，而且那種做法有違侍奉社的理念。

雪之下曾說過，侍奉社不是給人魚吃，而是教對方釣魚。

那麼，我就傳授一下自己的鍊金術吧。

「川崎，妳聽說過『獎學金』嗎？」

× × ×

清晨五點半的空氣仍有一絲寒意。我打著呵欠，目送兩個人影逐漸遠去。

那兩人之間的距離不會太近，也不會太遠。若是其中一人發現自己走太快，便會放慢腳步等待對方。他們不時發出笑聲，肩膀跟著上下抖動。

「所謂的兄弟姐妹，就是那種感覺啊……」

雪之下在晨靄中獨自低語。

「不見得吧？每個人的情況不一樣，甚至還有『最親近的陌生人』這種說法。」

在跟兄弟姐妹相處的過程中，一定有過被他們氣得牙癢癢、恨不得痛毆對方一頓的經驗，那種時候必會覺得他們跟自己一點也不像。不過，他們有時候會在不經意間，做出跟自己一模一樣的舉動，讓人產生一種不知該說是憐惜或憐愛的感受。講白一點，那種無法捉摸的距離感，就是所謂的「兄弟姐妹」吧。

因此，「最熟悉的陌生人」實在是個很妙的說法。明明跟自己最為親近，卻是個陌生人；明明是個陌生人，卻又跟自己最為親近。

「最熟悉的陌生人嗎……有道理，這麼一來我就可以理解。」

雪之下頷首之後仍是低著頭。

「小雪乃？」

由比濱對雪之下的反應感到意外，靜靜地望著她。這時，雪之下迅速把頭抬起，輕輕對由比濱一笑。

「我們也回去吧，再三個小時就要上學了。」

「嗯，好……」

雖然由比濱仍對雪之下的態度耿耿於懷，不過還是點點頭，把肩上的背包背好，我也去打開自己的腳踏車鎖。

「是啊。小町，起來了。」

小町坐在麥當勞外的人行道邊緣打瞌睡。我輕輕拍她的臉頰，她揉一揉惺忪的睡眼，發出半夢半醒的聲音。

她站起身，像幽靈般晃到腳踏車前，坐上後座。平常這時候還是睡覺時間，所以沒辦法，今天就慢慢騎平坦的路回去吧。

我跨上腳踏車，把腳踩到踏板上。

「我們回去啦，辛苦了。」

「嗯，明天見……不對，是等一下學校見。」

由比濱稍微在胸前揮一揮手。雪之下沒說任何話，只是呆呆看著我跟小町，直到我踩下踏板，她才小聲開口：

「腳踏車雙載並不值得鼓勵……小心別又發生意外。」

「嗯，再見。」

我如此回應後，往前騎出去。在睡眠不足的情況下，腦袋無法保持清醒，光是注意對向來車跟路面狀況，幾乎已用掉我所有的精神，所以對於雪之下的提醒，我只能隨便應一聲。不過，她剛才好像有提到「意外」兩字……

我慢慢騎在跟十四號縣道交會的直線路段上。平常上學時吹的風總是逆風，不過今天這時候則是順風。

我在第二個紅綠燈前等待時，對街的麵包店飄出陣陣香味。肚子發出一陣咕嚕聲。

「……小町，要不要買麵包回去？」

「哥哥這個大笨蛋！應該要裝作沒看到，或是若無其事地默默靠近麵包店啊！不過小町的肚子餓了，所以要去！」

小町的拳頭不斷落在我的背上，我操縱龍頭轉往麵包店的方向。

「唉……哥哥真的很沒用耶，早知道剛剛就不要一直誇獎你。」

「剛剛妳根本沒有在誇獎我吧？最後只有妳自己變成乖寶寶，而且大部分內容還是妳瞎掰的。」

「哎呀，這個嘛～」

這時，她的拳頭停下來。

「……不過，小町真的很感謝哥哥。」

她伸出雙手摟住我的腰，把臉靠到我的背上抱緊我。

「這麼做也是要幫自己加分對吧？」

「嘖，被發現了嗎？」

不過，她的手並沒有放開。清晨的風帶有一些寒意，緩緩帶走我們兩人的體溫。在這陣舒服的感受中，我的睡意越來越濃，看來今天八成又要遲到。從這種感覺看來，等一下回到家肯定會馬上倒頭大睡。算了，偶爾兄妹一起遲到也不賴。

「不過～能見到面真是太好了。」

「啊？妳在說什麼？」

我聽到後座的小町這麼說，臉上露出不解的表情。小町沒有看我的臉，繼續說：

「就是送點心的人啊，既然見到她就跟小町說一聲嘛。哎呀～還好哥哥骨折，才能認識那麼可愛的結衣姐姐。真是太好了～」

「嗯……是啊……」

我機械式地抬起腳踩下踏板。由於做這個動作幾乎不用思考，自然未伴隨任何感情。因此，當感情混入其中的瞬間，我的動作完全瓦解。

我的身體猛然一晃，小腿竄過一陣劇痛。

「啊！」

「怎怎怎……突然怎麼啦？小町還第一次看到有人踩空踏板耶！」

小町發出一連串抱怨，不過現在不是說這個的時候。

她剛剛說什麼？由比濱就是送點心的人？

這裡所說的「送點心的人」，不是指每到中元節便會出現的人，更不可能是紫玫瑰先生（註42），而是跟我有過一段因緣的人。

我進入高中的第一天曾碰上交通意外。

註42　出自漫畫《玻璃假面》，速水真澄不斷暗中匿名送紫玫瑰鼓勵、幫助女主角北島麻雅。

當時有個女生帶著她的狗出來散步，但那隻狗突然掙脫控制跑出去，不巧又有一輛高級轎車駛來。我為了救那隻狗，被車子撞成骨折，因此住院長達三週。這件事也決定了我一開學就沒有朋友的命運。

小町說的「送點心的人」，正是那隻狗的主人。

「哥哥，怎麼回事？」

小町一臉擔心地看著我，我只能擠出一個曖昧的笑容……一不小心就想起許多事，我忍不住自嘲地笑一下。

「沒什麼，我們先去買麵包再回家吧。」

我再度踩下踏板，但不可思議的是，踏板竟然空轉一圈，再次敲到我的小腿。

hiratsuka's mobile

FROM 平 塚 靜 21:09
TITLE 比企谷同學，考試準備得如何？

現代國文不只是定期考試會考，放眼日後的大學考試，用它來增進自己的理解能力也是個好辦法。
請好好加油。

FROM 平 塚 靜 21:15
TITLE 抱歉，我是平塚靜。

對你來說，說是「老師」可能會比較清楚呢。

hachiman's mobile

FROM 八幡 21:12
TITLE Re
……不好意思，請問您是哪位？

FROM 八幡 21:20
TITLE Re
(ˊ-ˋ).。oO（寫信的時候個性完全不一樣……）

5

比企谷八幡再一次回歸原來的道路

為期一週的定期考試全部結束，相隔一個週末假期，又來到星期一。考試成績會在今天通通公布，上課時全都是在發考卷跟檢討考卷。

每上完一節課，由比濱便會興沖沖地跑來跟我報告成績。

「自閉男！我的日本史進步囉！之前舉辦讀書會果然有效！」

她的語氣非常興奮，我則顯得比較冷靜。

「太好了。」

「嗯！這都是託小雪乃的福……還有自閉男。」

雖然她這麼說，不過事實上我根本沒有做什麼。

話說回來，若是念那麼一點書就馬上有效，那還得了？舉辦讀書會基本上沒有什麼意義，所以她能考到那個分數，都是她自己努力的結果。

我的成績則是老樣子，國文成功守住全年級第三名，數學只有九分。遞迴數列到底是什麼玩意兒？這個名字真是中二。

除了發還定期考試的考卷，今天還有一項先前準備已久的活動，就是職場見習。

進入午休時間後，學生們各自前往想要參觀的職場。

我們前往的地方是海濱幕張站。這一帶是辦公大樓的聚集地，不少意想不到的企業總公司座落於此。另外，從前幾天發生的事情中，我們還得知這裡是個商圈。

「幕張新都心」這名字果然不是叫假的，就算要反過來說千葉是首都，都完全沒有問題。

跟我同一組的成員包括戶塚跟葉山。

名義上是如此，可是……

實際上，我今天一到場就看到葉山身旁圍著一大群人。你們都是他底下的諸侯嗎？

無妨，反正我打從一開始就沒打算跟他一起行動。我四處搜尋戶塚的身影，想抱持約會的心情，跟他兩個人慢慢閒逛，可惜他也不是省油的燈，身旁同樣黏著好幾名女生。看他那副怯生生的模樣，若是不知情的人可能還以為他被人欺負。

本來屬於不同組別的那三個傢伙以及三浦都出現在葉山身旁，我甚至看到由比濱混在其中。

隨便數一下，大約有五個小組來這裡參觀。

我不太喜歡跟大家擠在一起，即使放假時偶爾出門溜達，也常常因為外面的人太多而產生回家的念頭。

因此，我自然而然落在這群人的最尾端。真是了不起，如果我是戰國武將，自告奮勇負責壓陣想必會有重賞。

我們選擇的——應該說是葉山選擇的場所，是一間我曾聽過名字的電子機械製造公司。那不單是一棟辦公大樓或研究機構，旁邊還附設一座對外開放的展覽館。那間展覽館內甚至有三六〇度劇院，可說是兼具娛樂功能。

如果葉山在選地點時根本沒有多想，那只能說他太會挑了，天生擁有敏銳的直覺。相反的，如果他是預料到現場會聚集一大群人才選擇這個地方，一樣要佩服他的體貼。

最重要的一點是，即使是自己一個人參觀這種機械展覽同樣很快樂。

我像是某支廣告中很想得到小喇叭的少年，貼在玻璃上欣賞機器發出「嗡嗡嗡」的聲音運作，光是看著便興奮起來。

「我們不是機器」這句話，是對於遭到控制、奴役的情況有所反抗。這句話講得一點也沒錯。我們並不是機器，所以總會出現我這種跟任何構造都無關、不知道做何用途的齒輪。如果在迷你四驅車中發現這玩意兒，請自行洽詢田宮模型。

認真說來，機器同樣有這種多餘的部分，也就是所謂的「預留空間」，例如鏈條多出來的部分或多餘的齒輪。因為有這些預留空間，機器在運作時才不會那麼吃緊，使用年限也得以延長。這裡的研究人員告訴我們，不論是機械或人類，都需要預留一些空間。

不過，根本沒有人邀請我一起玩耍啊（註43）……

我跟那一群人保持適當距離，自己到處參觀。

前面的男男女女快樂地談天嘻笑，後方沒有半個人影，安靜得我耳朵開始發痛。

不過，這片寂靜立刻被響亮的腳步聲打破。

「比企谷，你也來這裡啊？」

平塚老師難得脫掉白色外衣。大概是因為在這裡穿著白衣，很容易跟公司裡的員工搞混。

「老師是在各處巡視嗎？」

「嗯，算是吧。」

不過，老師並沒有看向那群學生，而是專注地觀察眼前這些機器。

「嗯，日本的技術果然一流……在我有生之年，應該可以看到鋼彈出現吧。」

老師的內心果然還是一名少年。她端詳鋼鐵機身的眼神，宛如墜入情網一般。

等一下，老師，請您去談一場正常的戀愛好嗎？我是說真的。

就讓她一個人留在那裡看吧……我這麼想而踏出腳步，但平塚老師似乎聽到腳步聲，用相同的速度跟我並肩前行。

「對了，比企谷，關於你們的比賽……」

註43　「預留空間」和「遊玩」的原文皆為「遊び」。

老師是指我跟雪之下的比賽，看誰能透過侍奉社的活動，為比較多的人指點迷津，贏家可以對輸家命令任何事。

老師開啟了話題，接下來的內容卻停留在口中，於是我用眼神催促她說下去。

這時，老師才下定決心再度開口。

「由於有太多不確定因素介入，現行規則已經不敷使用。所以，我打算調整部分內容。」

聽起來真像遊戲公司的說詞，總之是老師的腦容量已經超過負荷，再也轉不過來的意思吧。

「我沒有意見。」

反正平塚老師本身就是規則，不論我說什麼，會改的東西就是會改。再說，誰勝誰負也是由老師的獨斷和偏見來決定，想要抵抗只會白費力氣。

「詳細內容已經決定好了嗎？」

「還沒……有個人我還想不到該怎麼處理。」

平塚老師搔了搔頭。

想不到該怎麼處理？聽到這句話，我馬上想到由比濱。侍奉社本來只有我跟雪之下兩個人，這個女生卻中途加入。

她可以說是規則之外的存在。如果要說不確定的因素，絕對是她。她不在老師當初的構想中，現在卻處於我們社團的中心。

所以說，參賽者要變成我、雪之下、由比濱三個人嗎？

「嗯，看來機械之路就到這裡結束呢。」

什麼叫機械之路啦！

「等我決定好新的比賽方式後會再通知你們。放心，我不會害你的。」

平塚老師對我如此笑著說道。可是老師，那句話一向都是壞人的台詞耶……

接著，老師回頭走上原本的機械之路。

我看著老師離去後，自己往出口方向移動。

看來我跟老師談得有點久，葉山他們早已不見蹤影，只有寂靜的竹林在初夏的風中搖曳，發出沙沙聲響。

西邊的天空染上色彩，我站在空蕩蕩的入口處環顧四周。

這時，我看到一顆熟悉的丸子頭。哎呀，被我發現了。

那個女生抱膝坐在人行道旁，獨自按著手機。有那麼一瞬間，我不知道是否該出聲叫她。正當我猶豫不決時，反而是她先注意到我。

「啊，自閉男，你好慢喔！大家都已經走掉囉！」

「是喔，抱歉，我體內的機器人之魂太過興奮……對了，他們都去哪裡？」

「薩莉亞。」

千葉縣的高中生真的很喜歡薩莉亞耶。即使那是從千葉縣起家的家庭餐廳，大家未免對它太有感情了。不過看在它物美價廉的分上，這也是理所當然的。

「……妳不去嗎？」

「咦？啊……那個，該怎麼說呢～算是在等你吧。嗯……如果把你丟在這裡，好像有點可憐……」

不知道為什麼，由比濱在自己胸前玩著手指，然後稍微瞄我一眼。

我不禁對她露出微笑。

「妳人真好。」

「咦！啊，什……人、人家才沒有呢！」

由比濱拚命揮動雙手，臉頰在夕陽下顯得特別紅。

我完全不懂她為什麼要否認，還是覺得她人真的很好，也很溫柔。因為如此，我才要這樣好好告訴她。

「其實啊，妳根本不用特別在意我。我會救妳養的狗，只是出於偶然；再說，就算我沒有遇到那場意外，進入高中後八成也一樣是獨來獨往，所以妳不需要感到愧疚。嗯……由我來說這種話，好像有點奇怪。」

由我自己說出這種話，還真的滿奇怪的。不過，正因為是自己的事，我反而非常清楚。即使那一天我平平安安地入學，八成——不，絕對是同樣交不到朋友。

「自、自閉男，難道……你還記得嗎？」

由比濱睜大眼睛看我，驚訝之情通通寫在臉上。

「不，我不記得，是聽小町說妳曾來我們家道謝。」

「這樣啊……原來是小町……哈哈哈～」

由比濱又發出那種應酬式的笑聲，然後看向地面。

「抱歉，我好像反而讓妳擔心。不過，以後妳再也不用在意我了。我之所以會像這樣獨來獨往，都是我自己的關係，跟那場意外無關。妳不用同情我，也不用覺得有所虧欠……如果妳是因為那樣才對我好，請停下來吧。」

我明白自己的語氣有點激動。啊，這樣不行，我到底在焦躁什麼？這根本不是什麼大不了的事啊。

為了化解這份焦躁，我下意識地抓抓頭。從剛剛開始籠罩在現場的沉默，真是讓人難受。這還是我第一次覺得沉默讓人難受。

「嗯……那個……該怎麼說呢……」

不管怎樣，現在先隨便說點什麼比較重要，但我又說不出個所以然。

兩人有好一陣子都開不了口，最後是由比濱先露出傻笑。

「哎呀，不是啦～該怎麼說呢？其實不是你想的那樣……真的不是你想的那樣子……」

她的嘴巴在笑，臉卻不知該如何是好地低下去，因此我無從得知她的表情，只知道那微弱的聲音在顫抖。

「才不是那樣子……根本不是那樣……」

她說得很小聲。由比濱總是那麼溫柔，所以直到最後仍舊溫柔。如果說真相是殘酷的，那麼謊言想必很溫柔。

所以，溫柔只是一種謊言。

「啊……那個，對啦……」

我才剛開口，由比濱就用力瞪我一眼。她充滿淚水的眼睛直直看向我，完全不移開視線，反而是我承受不了壓力，先把眼睛移開。

「……笨蛋。」

她丟下這句話便跑走，不過才跑不到幾公尺，她的腳步又變得沉重，變成落寞地步行。

我看著她離去後，自己也轉過身。

她大概會去薩莉亞跟其他人會合，不過，那跟我沒有關係。

我就是討厭跟大家在一起。

還有，我也討厭溫柔的女生。

她們像夜空中的月亮，不論你走到哪裡，她們就跟到哪裡，但你無法觸碰她們，也無法掌握距離感。

光是打個招呼，就開始胡思亂想；彼此傳封郵件，便感到心神不寧；接到對方來電的那一整天，都會對著來電紀錄傻笑。

不過我很清楚，那只是一種溫柔。對我溫柔的人也會對其他人溫柔，我幾乎要忘記這個道理。

我並不遲鈍，其實滿敏感的，甚至到了過敏的地步。因為這個緣故，我才會出現過敏反應。

我早已有過一次教訓，訓練有素的獨行俠是不會重複被騙的。不管是別人猜拳猜輸，玩處罰遊戲來跟我告白；還是由女生代筆，讓男生交給我的假情書，對我來說通通沒用！我可是身經百戰的強者！如果要比輸，我肯定是最厲害的！

一次又一次期待，一次又一次落空……不知道從什麼時候開始，我已經不再抱持希望。

所以，不管經過多久，溫柔的女生都令人討厭。

（完）

後記

大家好，我是渡航。

這一陣子，我試著回想關於青春的種種，但不管我怎麼想，都想不起什麼，讓我滿頭痛的。或許是因為淨是些不堪回首的不好回憶吧？不過另外一個原因，可能是「回想」這個詞對我來說還太早。我從高中畢業到現在，其實已經過好多個年頭，所以與其說是時間上太早，倒不如說是精神上仍相當接近。

如果要比較當時的我跟現在的我，大概是這個樣子：

【高中時代】：三年內遲到兩百次，由於遲到得太厲害，家長還被學校約談。我當時的夢想是跟有錢的美女結婚，過著墮落的廢人生活。一碰到下雨天，就很有可能蹺課。

【二十歲後半】：由於遲到得太凶而被上司約談。夢想是跟有錢的美女結婚，過著墮落的廢人生活。不只是下雨天，連外面出大太陽也不太想寫稿。

……我沒有失去少年之心，真是了不起。

仔細一想，感覺「男生」這個字眼所代表的，就是不論經過多久，都還處於最青春的階段，所以我們才會把高中時代經歷過的焦躁、嫉妒、自卑感遺留到現在，不時用一種沒來由的信心麻醉自己，心懷「要論自卑感我無人能敵！真是太有優越感了」這種意義不明的矛盾，並且永遠抱持夢想。

可是，我們的確也失去一些事物……好想跟女高中生來場制服約會啊。

那麼，接下來是謝詞。

ponkan⑧大神，繼上一本書之後，謝謝您再度畫出這麼漂亮的插圖。封面的結衣實在太可愛，讓我都不自覺地結衣結衣起來。我會每天好好對您膜拜五次。

我的責任編輯星野先生，這次也給您添不少麻煩，還麻煩您幫我善後。之後我仍舊準備繼續給您添麻煩，所以請好好加油。謝謝您。

逢空萬太老師，我與您素不相識，卻承蒙您撰寫書腰推薦文，真的非常感謝，也謝謝您贈送的生巧克力。多虧這些美味的巧克力，我才有力氣寫完這本書。

我的家人，尤其是父親，長年工作真是辛苦您了。因為您勤奮不懈地工作，我才得以像這樣成為一介作家。希望您長命百歲，好好享受接下來的人生。對了，家裡那隻貓好像完全把我當成陌生人，這是我的錯覺嗎？

還有各位讀者。多虧各位的大力支持，《果然我的青春戀愛喜劇搞錯了》（簡稱「果青」，通稱「我搞錯了」）第二集才得以問世。我真的非常開心，也非常謝謝各位。我會好好努力，讓各位能繼續享受下一集的故事。

那麼，就是這樣，請容我在此擱筆。「速度」和「青春戀愛喜劇」一旦邁出腳步便不會停下來，下一集也請各位多多指教。

六月某日，於千葉縣某處，一邊吃著義式牛奶冰淇淋一邊咂嘴　渡航

國家圖書館出版品預行編目資料

果然我的青春戀愛喜劇搞錯了。2/ 渡航 著;涂祐庭譯
一1版.一臺北市：尖端出版，2013.1
面 ； 公分.一(浮文字)
譯自:やはり俺の青春ラブコメはまちがっている。2
ISBN 978-957-10-5117-8(平裝)

861.57　　101015957

浮文字

果然我的青春戀愛喜劇搞錯了。2

（原名：やはり俺の青春ラブコメはまちがっている。2）

著者／渡航
譯者／涂祐庭
執行長／陳君平
協理／洪琇菁
執行編輯／石書豪
封面插畫／ponkan ⑧
內文審校／施亞蒨
榮譽發行人／黃鎮隆
國際版權／黃令歡、高子甯
美術編輯／陳又荻

出版／城邦文化事業股份有限公司　尖端出版
台北市中山區民生東路二段一四一號十樓
電話：（〇二）二五〇〇—七六〇〇
傳真：（〇二）二五〇〇—二六八三
E-mail：7novels@mail2.spp.com.tw

發行／英屬蓋曼群島商家庭傳媒股份有限公司城邦分公司
尖端出版
台北市中山區民生東路二段一四一號十樓
電話：（〇二）二五〇〇—七六〇〇（代表號）
傳真：（〇二）二五〇〇—一九七九

中彰投以北經銷（含宜花東）／楨彥有限公司
電話：（〇二）八九一九—三三六九
傳真：（〇二）八九一四—五五二四

雲嘉經銷／智豐圖書股份有限公司　嘉義公司
電話：（〇五）二三三—三八五二
傳真：（〇五）二三三—三八六三

南部經銷／智豐圖書股份有限公司　高雄公司
電話：（〇七）三七三—〇〇七九
傳真：（〇七）三七三—〇〇八七

一代匯集／香港九龍旺角塘尾道六十四號龍駒企業大廈十樓B&D室
電話：（八五二）二七八三—八一〇二
傳真：（八五二）二七八二—一五二九

新馬經銷／城邦（馬新）出版集團Cite (M) Sdn. Bhd.
E-mail：cite@cite.com.my

法律顧問／王子文律師　元禾法律事務所
台北市羅斯福路三段三十七號十五樓

二〇一三年一月一版一刷
二〇二四年一月一版二十一刷

■繁體中文版■

郵購注意事項：
1. 填妥劃撥單資料：帳號：50003021戶名：英屬蓋曼群島商家庭傳媒(股)公司城邦分公司。2. 通信欄內註明訂購書名與冊數。3. 劃撥金額低於500元，請加附掛號郵資50元。如劃撥日起 10～14日，仍未收到書時，請洽劃撥組。劃撥專線TEL：(03) 312-4212 ・ FAX：(03) 322-4621。E-mail：marketing@spp.com.tw